麦克尤恩作品 | Ian McEwan

First Love, Last Rites

最初的爱情，
最后的仪式

[英]伊恩·麦克尤恩————著

潘帕————译

上海译文出版社

献给伊莱安

目 录

立体几何

1875 年在梅尔顿·莫布雷举办的"异趣珍宝"拍卖会
上，我的曾祖父在他的朋友 M 陪同下，拍得了尼科尔斯
船长的阳具，这位船长 1873 年死于马贩巷监狱。它被盛
在一座十二英寸高的玻璃樽里，按我曾祖父于当晚的日记
中所记述，"保存精美"。同时被拍卖的还有"已故巴里
摩尔小姐的讳名部位。被山姆·伊斯莱尔斯以五十几尼拍
得"。我的曾祖父很想将这两件物品作为一对收藏，但被
M 劝阻。这极佳地诠释了他们的友谊。我的曾祖父是个心
血来潮的空想家，而 M 则是一位懂得适时竞价的实干派。
我的曾祖父在世六十九年，其中的四十五年里，在每晚睡
觉之前，他坐下来将自己的思想写成日记。这些日记如今
就摆在我的桌上，整整四十五卷，以小牛皮装订。日记左
边，尼科尔斯船长静坐在玻璃樽里。我的曾祖父靠他父亲

发明的一种女性胸衣手扣的专利收入生活，直到第一次世界大战爆发。他爱好清谈、数字和理论；也喜爱烟草，上等的波尔图葡萄酒，煨兔肉，以及偶而为之的鸦片。他喜欢以数学家自居，尽管他既未有过教职，也未曾发表过专著。他一辈子从不旅行，也没有上过《时代》杂志。1869年他和托比·沙德威尔牧师的独生女爱丽丝结婚，牧师是一本名不见经传的英国野生花卉专著的合著者。我深信我的曾祖父是一位杰出的日记作者，一旦我编完他的日记并得以发表，我敢肯定他将重新获得应有的认识。而我在工作结束之后将休一段长假，去某个清冷无树的地方旅行，比如冰岛或者俄罗斯草原。我曾不止一次地想，如果可能的话，在那一切结束之后我将试着与妻子梅茜离婚，不过现在已无此必要。

梅茜常常会在睡梦中大喊大叫，我不得不弄醒她。

"抱住我，"她总是说，"是个恶梦。我以前做过一次。我在飞机上，飞过荒漠。可其实并不是真的荒漠。我让飞机飞低一点，我看到成千上万的婴儿堆在一起，一直向地平线延伸，他们都光着身子，彼此倾轧。我的燃料眼看就要用完了，我得降落。我想找到一块空地，我飞呀飞呀想找一块空地……"

"好了去睡吧，"我打着哈欠说，"这只不过是个梦。"

"不，"她叫道，"我现在睡不着，现在不行。"

"好吧，那我得睡了，"我对她说，"我早上还得早起。"

她摇摇我的肩膀。"先别睡好吗？别让我一个人待着。"

"我就睡在你身边，"我说，"我不会撇下你的。"

"可这有什么用，别让我一个人醒着……"可是我的眼皮已经合上了。

最近我染上了我曾祖父的习惯。在睡觉前我静坐半小时来反思这一天。我没有数学奇思或者性爱理论可供记录。基本上我只是记下梅茜对我说过的话而我又跟她说了些什么。有时，为了绝对私密起见，我将自己锁在盥洗室里，坐在马桶上，膝头铺着写字板。除我之外，盥洗室里偶尔还有一两只蜘蛛，它们爬上排水管伏在白光闪闪的瓷釉上纹丝不动。它们一定在纳闷这是到了哪儿。经过数小时匍匐之后，它们不解地掉转身，也许因为依然无法获得答案而倍感失望。就我所知，关于蜘蛛我曾祖父只提及过一次。在1906年5月8日，他写道："俾斯麦是个蜘蛛。"

下午梅茜往往会斟上茶水，来跟我讲她的噩梦。通常我都在翻阅旧报纸，汇编索引，分列主题，放下这一卷又拿起另一卷。梅茜说她每况愈下。最近她整天待在屋子里看有关心理学与超验的书，几乎每夜都会做恶梦。自从那次我们先后手持同一只鞋子埋伏在盥洗室门外袭击对方之后，我已对她全无怜悯。她的问题部分源自嫉妒。她十分嫉妒我曾祖父那四十五卷日记，以及我编撰它们的意志和热情。她却无所事事。梅茜端茶进来的时候，我正好换上另一卷日记。

　　"我说梦给你听好吗？"她问道。"我乘飞机飞过沙漠一样的地方……"

　　"过会儿再讲，梅茜，"我说，"我手头的事正做到一半。"她走了以后我盯着书桌前面的墙壁，思忖着 M，在长达十五年的时间里，他定期来与我曾祖父闲谈和晚餐，突然在 1898 年的一个晚上莫名地一去不返。尽管 M 的身份有待确认，但他除了是个实干派之外，也颇具学究气。比如，在 1870 年 8 月 9 日晚上，他们两人论及做爱姿势，M 告诉我曾祖父后入式是最自然的性交方式，这是由阴蒂的位置所决定的，而且其他灵长类也都偏爱此式。我的曾祖父穷其一生性交不超过十次，并且都发生在他和爱丽丝结婚的头一年内，惊讶地大声追问教会对此所持的观点，M当即指出七世纪神学家提奥多雷认为后入式性交与手淫等罪，应处苦修四十天。当晚稍后，我的曾祖父用数学方法证明了性交姿势不可能大于素数 17。但 M 对这一结果嗤之以鼻，并告诉我曾祖父他曾见过拉斐尔的弟子罗马诺的一组素描藏品，上面画着二十四种姿势。并且，他说，他还听说过一位 F·K·弗伯格先生曾历数了九十种之多。等我想起手边梅茜放下的茶，它早已经凉了。

我们关系恶化过程中的重要一节是这样发生的。一天夜里我坐在盥洗室里写下梅茜和我关于塔罗牌的对话，突然间她在外面又拍门又拧把手。

"开门，"她叫道，"我要进去。"

我跟她说，"你得再等几分钟，我很快就好了。"

"马上让我进去，"她大喊，"你又没在用厕所。"

"等等。"我边回答边又继续往下写。此时梅茜开始踹门了。

"我月经来了，我得弄一下。"我没理会她的叫喊，一直把这一段写完，我觉得这特别紧要。假如留待稍后，将会丧失某些细节。这时已听不见梅茜的喊声了，我还以为她在卧室。可是当我打开门，却见她手拿一只鞋挡在我面前。她猛地用鞋跟砸向我的头，我稍一偏身但躲闪不及，鞋跟挂到我耳朵上，划了好大一条口子。

"这下好了，"梅茜一边说着绕过我走进洗手间，"现在我们都流血了。"说完砰地摔上门。我拾起那只鞋，一声不吭地耐心等在盥洗室门外，另一只手用手绢捂住流血的耳朵。梅茜在里面大约待了十分钟，她刚一出来就被我不偏不倚击中头顶，没有任何机会侧身。好一会儿她站在原地一动不动，直勾勾地盯着我。

"可怜虫。"她吐出几个字，然后径直走去厨房料理伤口，消失在我的视线之外。

昨天晚餐的时候梅茜宣称如果一个人在密室里闭关，只需凭借一副塔罗牌就能获知一切。那天下午她在读这些书，牌铺得满地都是。

"他能从牌里算出瓦尔帕莱索的街道图吗？"我问。

"你傻帽。"她答道。

"牌能告诉他如何开洗衣店，如何煎蛋卷，如何做血透？"

"你内心如此狭隘。"她嘟哝道，"如此狭隘，如此平庸。"

"他行吗？"我不依不饶，"那告诉我 M 是谁，还有为什么……"

"这些无关紧要，"她咆哮道，"又不是非知不可。"

"可是这些也是知识。他能算出来吗？"

她迟疑了一下，"会的，他能。"

我笑了，没吱声。

"有什么可笑？"她说。我耸了耸肩，她气不打一处来。她需要被证伪。"你为什么总是问这些无厘头的问题？"

我还是耸耸肩。"我只是想知道你是不是真的指所有一切。"

梅茜拍着桌子喊道，"你混蛋！你为什么老是拿话噎我？你为什么从不说些实在的？"说到这里，我们彼此都认识到，我们无论谈什么都只会导致这样的场面，只得痛苦地缄口。

如果我不厘清围绕在 M 身上的疑云，日记的整理工作就无法开展下去。在十五年里不时来晚餐，为我曾祖父的理论提供了一大堆素材之后，M 从日记里断然消失了。12

9

月 6 日星期二，我曾祖父还邀请 M 星期六来共进晚餐，尽管 M 来了，可曾祖父在那天的日记里只是简单地写道，"M 来晚餐。"以往他们席间的谈话无不花费很长篇幅记录。星期一，12 月 5 日，M 也曾来赴晚餐，那天的谈话内容涉及几何，而此后这一星期的日记全都围绕着这个主题。看不出两人有过丝毫龃龉。相反，我曾祖父离不开 M。M 为他提供素材，M 深谙今世风尚，他对伦敦了如指掌，多次到过欧洲大陆。他熟知社会主义和达尔文学说，在自由恋爱运动圈里也有朋友，又与詹姆斯·辛顿相熟。从某种意义上说，M 真正活在这个世界上，而我那一生只离开过梅尔顿·莫布雷一次赴诺丁汉的曾祖父则算不上。从年轻时代开始，我的曾祖父就嗜好坐在炉火边论证推理，他所需要的正是 M 提供的素材。例如，1884 年 6 月的一个晚上，刚从伦敦返回的 M 向我曾祖父叙述了城里的街道如何被马粪玷污而难行。恰好那个星期我的曾祖父正在阅读马尔萨斯的著作《人口原理》，当晚他在日记里兴奋地表示他将写一本小册子发表，题目就叫"关于马粪"。这本小册子从未发表，估计也从未写成，但在那晚之后的两个星期里，日记内容却有详尽的注释。在"关于马粪"中，他假设马匹数量呈几何增长，在仔细考量了道路规划之后他预言：1935年时，伦敦将无法通行。他所指的无法通行是以主要街道马粪平均厚度一英尺（干缩后）计。他描述了在自己的马厩外所做的确定马粪干缩率的实验，并获得了数学表达式。当然这些都是纯理论的。他的结论是建立在此后五十年所有马粪都不被铲除的前提之下。后来劝他放下这个课题的很可能也就是M。

一天早晨，在经历了充满梅茜梦魇的漫漫黑夜之后，我们并排躺在床上，我说，

"你究竟想要什么呢？你为什么不回去上班？漫无目的的散步，这些心理分析，待在家里，一躺一上午，塔罗牌，恶梦……你想要什么？"

她说，"我想矫正我的头脑。"这句话她以前说过很多遍。

我说，"你要知道，你的头脑，你的内心，不是酒店的厨房，可以把里面的东西像旧罐头一样扔掉。它更像是一条河而不是一处所在，每时每刻都在流动和变化。你无法矫正一条河流。"

"别又重头来一遍了，"她说，"我没打算矫正一条河，

我只想矫正我的头脑。"

"你总得做点什么，"我跟她说，"总不能啥也不做。为什么不回去上班？过去你工作的时候从不做恶梦，也从来没有这么不开心过。"

"我得抽离这一切，"她说，"我不知道其中的意义何在。"

"时髦，"我说，"都是时髦。时髦的隐喻，时髦的阅读，时髦的病恹。你关心荣格什么，比如说？一个月里你读了十二页。"

"别再说了，"她恳求道，"你知道这不会有任何结果的。"

但我继续往下说，

"可你也没有得出过什么结果，"我对她说，"你成事不足。过去是个乖孩子，老天没赐给你一个不幸的童年。你那慈悲的佛经、过气的玄学、焚香疗法、星相杂志，没有一样是你自己的，你什么都没搞明白过。你只是陷了进去，陷在一个纷繁直觉的泥潭里。除了感觉到自己的寡欢，你根本不具备去直觉其他事物的敏感和激情。为什么你要把别人装神弄鬼的一套塞进自己的脑子里，搞得恶梦不断？"我起床，掀开窗帘，开始穿戴。

"你好像是在小说研讨会上发言。"梅茜说，"为什么你总是想把我的生活弄得更糟？"自怜开始在她内心泛起，又被她强压下去。她接着说，"你说话的时候，我感到自己就像一张纸，被揉成一团。"

"也许我们是在谈论小说。"我冷冷地说。梅茜在床上坐起来看着自己的腿。突然间她的语气变了。她拍了拍身边的枕头温柔地说，

"过来。坐到这儿来。我想抱抱你，我想你抱我……"可是我叹了一口气，兀自走向厨房。

我到厨房给自己煮了点咖啡，端进书房。夜里忽睡忽醒之间我似乎有一种感觉，M的失踪也许能从那些有关几何的记述中找出线索。过去对此我总是草草翻过，因为数学实在提不起我的兴趣。1898 年 12 月 5 日星期一，M 和我曾祖父讨论了 vescia piscis[①]，这显然属于欧几里得第一定律的范畴，曾对许多古代宗教建筑的平面设计产生过深远的影响。我把谈话记录仔细地读了一遍，竭力去理解其中

---

① 应拼作 "vesica piscis"，其拉丁文本意为 "鱼鳔"，在几何中指两个等半径圆通过彼此圆心相交所构成的橄榄形重叠部分，其形状貌似阴道或是子宫，故在 "神圣几何" 中被尊为 "第一原型"。

的几何部分。然后翻过一页，我发现就在当晚，在咖啡奉上，雪茄点燃之后，M对我曾祖父讲了一段长篇轶事。我正要开始读，梅茜走了进来，

"那你自己呢？"她说，仿佛我们先前的斗嘴从未休战，"你就知道书。在旧纸堆上爬来爬去，像苍蝇叮在一坨屎上。"

我当然很气愤，但还是笑笑，和颜悦色地说，"爬来爬去？嗯，至少我还在动弹。"

"你以后别再跟我说话了。"她说，"你像弹球机一样耍我，就知道取乐。"

"早上好，哈姆雷特。"我回答道，坐在椅子里耐心地等她的下一句。但她什么也没说，轻轻把书房门带上，走了。

"1870年9月，"M开始对我曾祖父说，

　　我掌握了一些重要文件，它们不但全盘否定了当今立体几何学的基石，甚至背离了我们物理学定律的基本准则，让人不得不重新审视在自然界框架下自我的存在。这些论著的价值超过了马克思和达尔文

著作的总和。它们出自一位数学家——苏格兰人大卫·亨特之手，而将这些文件托付给我的则是另一位年轻的美国数学家，他的名字叫古德曼。我与古德曼的父亲因为其有关月经周期理论的著作，通信有年。难以置信的是，这一理论在本国依然被普遍认为荒诞不经。我在维也纳遇见小古德曼，他正和亨特以及来自各个国家的数学家一起参加一次国际性的数学会议。我见到他时，古德曼面色惨淡，神情低落，准备次日返回美国，尽管会议进程还不到一半。他把文件转交给我的时候交代我，如果有朝一日得知大卫·亨特的下落就请交还给他。而后，在我一再劝服和坚持之下，他告诉了我在会议第三天所目睹的一切。会议每天上午九点半开始，宣读一篇论文，紧接着作例行讨论。十一点钟供应茶点，数学家们会从他们围坐的那张光泽可鉴的长桌边站起身，在轩敞雅致的会议室里信步闲聊，三三两两地与同行们作非正式的交流。会议将进行两个星期，按照惯例，首先由最杰出的数学家宣读论文，然后才轮到那些略逊一筹者，依此类推，次第以降整整两个星期，如此这般难免会在这群聪明过人的绅士们中间偶尔激起强烈的妒忌。亨特虽然是位出色的数学家，但是年纪尚轻，一出他自己所在的爱丁堡大学便无人知晓。他申请宣读一篇（按他自己所描述）立体几何领域非常重要的论文，可是鉴于他在数学殿堂人微言轻，他被安排在会议结束前的倒数第二天上场，而届时大多数重量级的人物都已返回了各自尊敬的国度。因此在第三天上午，正当侍应生奉上茶点，亨特突然站起来，向纷纷离座的同行们发表了自己的见解。他身材高大不修边幅，虽然年轻，却自有一种气度，让喧鸣的交谈声变为寂静一片。

"先生们，"亨特说，"我得请求诸位原谅这种唐突的举动，不过我有极其重要结论要告诉大家。我发现了无表面的平面。"在轻蔑的嘲讽和茫然的讪笑之中，亨特从桌上拿起一大张白纸。他用小刀沿表面切开大约三英寸长，切口略微偏向一边。他把纸举起来以便大家都看得清，接着在做了一连串快速复杂的折叠之后，他似乎从切口处拉出一个角，随之，纸消失了。

"请看，先生们，"亨特向众人举起空空如也的双手，"无表面的平面。"

梅茜走进我的房间，刚洗过澡，散发出淡淡的香皂气味。她走到我身后，把手搭在我的肩上。

"在读什么呢？"她说。

"日记里的一些片段，我以前没留意。"她开始温柔地揉捏我的颈底。假如我们还是在结婚的头一年里，我会感到抚慰。可现在已经是第六年，它生成的是一阵紧抽，传遍整条脊梁。梅茜在表达某种欲望。为了抑制她我用右手握住她的左手，只当她是表示关心，她倾身向前，吻我的耳垂，呼吸中混有吐司和牙膏的味道。她枕着我的肩头。

"去卧室，"她喃喃地说，"我们差不多有两星期没做爱了。"

"我知道，"我回答她，"你看……我这么多事要忙。"我对梅茜或其他任何女人都毫无欲念，我只想继续读我曾祖父的日记。梅茜把手从我肩膀上抽走，站在我身旁。她的静默中陡然充满了恶意，我不由得像蹲在起跑线上的选手一样全身绷紧。她伸手操起盛有尼科尔斯船长的玻璃樽，随着她双手高举，里面的阳具梦幻般地从一头漂到另一头。

"让你自鸣得意。"梅茜厉声喝道，把玻璃樽砸向我桌子前面的墙壁。我本能地用手捂住脸抵挡玻璃四溅。睁开眼后，我听见自己在说，

"你为什么要这样做？那是我曾祖父的。"在碎玻璃和福尔马林蒸腾的臭气之间，尼科尔斯船长垂头丧气地横卧在一卷日记的封皮上，疲软灰暗，丑态毕露，由异趣珍宝变作了一具可怖的亵物。

"真可怕。你为什么要这样做？"我又说了一遍。

"我要去走走了。"梅茜答道，这一次她狠狠地摔门而去。

许久，我呆坐在椅子里没有动弹。梅茜摧毁了一件对我极具价值的物品。在它生前曾经矗立在他的书房，而今一直矗立在我的书房，把我的生命和他连结在一起。我从膝头捡起几块玻璃碎片，盯着桌子上那段160年前另一个人的身体。看着它，我想到那些曾经拥塞其中不计其数的小精虫。我想象它曾去过的地方，开普敦、波士顿、耶路撒冷，被裹在尼科尔斯船长黢黑腥臭的皮裤里周游世界，偶尔在挤挤搡搡的公共场所掏出来撒尿，才见到炫目的阳光。我还想象它触摸过的一切，所有分子，在海上寂寞相思的长夜里尼科尔斯船长摸索的双手，那些年轻的姑娘以

18

及色衰的娼妓们湿滑的阴道，她们的分子一定残留至今，从切普赛街飘到莱切斯特郡的一粒细小尘埃。天知道它原本能还在玻璃瓶里留存多久。我动手收拾残局。我从厨房取来一只垃圾桶，尽量把玻璃都扫起来，把福尔马林拖掉。然后由一头拿起尼科尔斯船长，试着把他摊在一张报纸上。当包皮在我手指里开始滑动的时候我直反胃，最后闭上眼，总算成功，小心翼翼地用报纸把他包起来，拎去花园，埋在天竺葵之下。在处理这一切的过程中，我努力不让自己对梅茜的怨恨充斥我的内心。我想着 M 故事的发展。回到座位上，我轻轻拭去几滴浸润到墨迹上的福尔马林，继续往下读。

　　几乎整整一分钟屋里的空气凝固了，随着每一秒钟的流逝，气氛愈加凝重。首先开口的是剑桥大学的斯坦利·罗斯博士，他的名望多建立于其著作《立体几何原理》，因此遭受亨特所谓无表面平面的重创。

　　"胆大妄为。先生。你竟敢用这种一钱不值的杂耍伎俩来玷污这次庄严的会议。"在他身后响起一阵叽叽喳喳附和的鼓噪声。他接着说，"你应当感到惭愧，年轻人，十分惭愧。"这时，整个房间仿佛火山喷发，除了小古德曼和端着点心傻站在一旁的侍应们，全场都指向亨特，对他报以愚蠢而不知所云的斥责、谩骂和恐吓。一些人愤怒地拍台，另一些则挥舞老拳。一位屏弱的德国绅士突发中风跌倒在地，不得不被人扶上座椅。与此同时，亨特坚定地站在原处，外表不动声色，头微微偏向一侧，手轻轻抚在那张光泽可鉴的长桌上。那一钱不值的杂耍伎俩招至的甚嚣尘上恰恰证明了潜伏的不安有多深，亨特一定充分意识到了。他举起手，众人一下子又回复寂静，他说，

　　"先生们，你们的担心是可以理解的，现在我将再证明一次，终极证明。"语毕，他坐下脱去鞋，再起立脱去外衣，并请求一名志愿者帮助，这时古德曼站了出来。亨特大步穿过人群来到靠墙摆放的一张沙发前，他坐上去的时候嘱托一脸迷惑的古德曼请他回英格兰的时候带上自己的论文，并一直保存到他回来取为止。当数学家们都围拢过来以后，亨特身体向前屈，两只手则伸到背后互相扣紧，双臂呈环状形成一个古怪的姿势。他让古德曼扶住他的手臂以保持这种姿势，自

己侧躺下奋力做了几下拉伸动作，直到将自己的一只脚伸入臂环。他让辅助的古德曼帮他把身体转到另一侧，然后重复同一套动作，成功地把另一只脚也伸到手臂之间，与此同时他弯曲上身使得头从与脚相反的方向进入臂环。在古德曼的帮助下，他开始让头和腿在臂环中对穿。这时在场所有可敬的学者们，宛若同一个人一般齐声迸发出不可思议的惊呼。亨特在开始消失！他的头和腿在臂环中对穿渐渐柔顺，两端仿佛被看不见的力量牵引，眼看他就要完全消失……终于，他不见了，消逝殆尽，没有留下一点痕迹。

M 的故事让我曾祖父难以遏制地兴奋。在他当晚的日记里记录了他如何企图"成功地说服我的客人立刻派人去取那些论文"，尽管时值凌晨两点。不过 M 则更对整件事抱怀疑态度。他对我曾祖父说，"美国人，经常沉迷于怪诞的妄言之中。"不过他答应第二天带那些论文来。根据次日的记载，M 因为有约在身没和我曾祖父一起吃晚饭，但他下午带着论文来过一会儿。

他临走时告诉我曾祖父这些论文他翻阅过好几次，

"其中并无可汲取的真义。"他并没有意识到他有多么低估了我那作为业余数学家的曾祖父。一杯雪利酒后两人在起居室的炉火前约定这个周末星期六再度共进晚餐。在接下来的三天里，我曾祖父一头埋在亨特的推演里废寝忘食。日记里别无旁骛，纸面划满了涂鸦、符号和图解。看起来亨特必须发展一套新的符号，实质上是一种新的语言，才能表达他的观点。到第二天结束，我的曾祖父实现了第一次突破。在涂画了一页数学式后他在角落里写道，"维度是知觉的函数。"翻开翌日的日记我读到这样的字眼，"它在我手里消失了。"他已经重建了无表面的平面。在我眼前展开的是一步一步地指导如何折叠那张纸。再翻过一页，我顿时明白了 M 失踪之谜。毫无疑问在我曾祖父的怂恿下，那晚他大约是以怀疑论者的姿态参与了一场科学实验。此处我曾祖父勾勒了一组图示，乍眼看去像是瑜伽姿势。显然，它们正是亨特消失表演的秘密。

我颤抖着手清理出一块台面，挑了一张干净的打印纸铺在面前，又从盥洗室取来一把剃须刀片，接着翻箱倒柜找到一副陈旧的圆规，而后削尖铅笔套进去；最后我找遍整个屋子总算找到一把精确的钢尺，那是当初我曾用来嵌窗格的，这下终于准备就绪。首先我要把纸裁成一定的尺寸，亨特从桌面上随手拿起的那张纸显然是事先精心准备的。每一条边的长度必须符合特殊的比例。我用圆规确定了纸张的中点，从中点画一条与一边平行的直线，向右延伸至纸边。然后我需要画一个矩形，矩形的大小与纸的边长特异关联。矩形的中点对直线作黄金分割。在矩形上方画一对交叉弧线，其半径也是特定比例的；在矩形下方也作同样的弧线。两条弧线的交点连接就得到切割线。然后我开始确定折叠线。每一条线的长度，倾斜的角度，与其他线条的交点，似乎都透射出一种数字间神秘的内在和谐。我在取弧度，画直线，做折叠的时候，感觉自己正懵懂地驾驭着一种至高无上摄人魂魄的知识体系，一种绝对的数学。当我完成最后一次折叠，纸张的形状变为以切割线为中轴由三个同心圆围绕构成的一朵几何花。这种造型独有一种宁静和完美，一种孤傲与夺目，当我注视着它，不由地出神，内心变得澄净和安详。我使劲摇了摇头，把目光移开。现在该把纸花内折，拉过切割线了。这是个很精巧的动作，我的手又一次开始颤抖，唯有注视着花朵中心才能安定我的情绪，我动手的时候感觉后脑一阵麻木。

23

我往前又拉了一点，一瞬间那纸映得更白了，好像就要消失。我说"好像"是因为一开始我不敢肯定我是感觉它依然在手里却看不见了，或是还能看到却已无手感，抑或说是我意识到它已消失而它作为物质的性质仍在。麻木感传遍大脑到肩膀，我的感官似乎无力把握眼前的一切。"维度是知觉的函数，"我心里念叨。我展开双手，手中空无一物，可是即使当我再次伸开手，没看到任何东西，我也不敢肯定那纸花已经完全消失。印象挥之不去，视觉残留不止是印在视网膜上，而且印在了心里。正在这时，我身后门开了，只听梅茜说，

"你在干吗？"

我仿佛从梦中惊醒，回到房间里，回到那淡淡的福尔马林气味中。尼科尔斯船长的毁灭已经过去了很久很久，但那气味唤醒了我的怨恨，就像麻木感一样贯穿全身。梅茜身上裹着一件厚外套加一条羊毛围巾，懒洋洋地站在门口。她似乎很遥远，当我看着她的时候，心中的怨恨同婚姻的疲惫感交织在一起。我心想，为什么她要打碎玻璃瓶？因为她想做爱？因为她想要一根阳具？因为她嫉妒我的工作而想要砸烂与我曾祖父的纽带？

"你为什么要那样做？"我不自觉地大声质问。梅茜用鼻子哼了一声。她打开门时看到我伏在桌上盯着自己的双手。

"你坐在那儿一下午，就在想这个？"她哧哧地笑。"那好，它怎么样了？你不会舔它了吧？"

"我把它埋了，"我说，"在天竺葵下面。"

她稍微走进房间，用认真的语气说道，"对不起，真的。我都不知道自己干了些什么。你能原谅我吗？"我迟疑了片刻，疲惫感让我忽然心生一计，我说，

"当然，我原谅你。那只不过是一条腌制的鸡巴而已。"我们都笑了。梅茜走到我身边吻我，我也报以回吻，用舌头撬开她的双唇。

亲吻已毕，她说，"你饿吗？要不要我做点晚餐？"

"那太好了。"我说。梅茜亲了一下我的额头，走出房间，而我折回书房，暗下决心晚上要尽可能对梅茜好。

过后我们坐在厨房享用梅茜做的晚餐，一瓶葡萄酒让我们不禁微醺。我俩合抽了一支大麻，这是很久以来头一次我俩一起抽。梅茜告诉我她会在林业委员会谋个差事，明年夏天去苏格兰植树。而我则跟她讲 M 与我曾祖父有关

25

后入式的议论，还有我曾祖父的理论——做爱不可能超过素数17种姿势。我们都笑了，梅茜捏了捏我的手，情欲的气氛荡漾在我俩之间，弥漫于厨房温热的浊气中。接着我们披上外衣出去散步。就要月圆。我们沿着屋前的大路走了一段，然后拐到一条小街，路边密密麻麻地布满了附带迷你前院的房子。我们没有走太远，可我们的胳膊一直相互缠绕，梅茜跟我说她轻飘飘的有多高兴。我们走过一个小公园，公园已经锁了，我们站在大门外抬头望着树杈上的月亮。回到家以后，梅茜笃悠悠地洗了个热水澡，而我则在书房再次浏览一遍，巩固了几处细节。我们的卧室是一间温暖而舒适的房间，以卧室论可算是奢华。床是7英尺乘8英尺，这是在我们结婚的第一年我亲手做的。梅茜做了床单，染成厚重浓烈的深蓝色，还绣了枕套。房间里唯一的灯光透过一顶老式手工羊皮灯罩映出来，那是梅茜从一个上门叫卖的人手里买的。我们并排裹在盖被和垫毯中间，沐浴过后梅茜身体舒展，慵懒而性感，而我则用肘撑着身体。梅茜睡意蒙眬地说。

"下午我沿着河边散步。眼下树很美，橡树、榆树……过了人行桥大概一英里有两棵山毛榉，你该看看去……呵哦，这样很舒服。"我让她趴在床上，她一边说话我一边抚摩她的背。"黑莓结得一路上都是，我从没见过长得这么大，还有接骨木。今年秋天我要自己酿些葡萄酒……"我倚过身亲吻她的后颈，把她的两条手臂带到背后。她乐于顺服我如此摆布。"河水格外静，"她说，"倒映着树，而树叶又飘落到水面。冬季来临之前我要和你一起去河边，去看落叶。那个小天地是我发现的，没有其他人去……"我用一只手保持梅茜手臂的姿势，另一只手帮她把腿伸进臂环。"……我在那儿坐了半小时，像树一样一动不动。我看到一只水老鼠顺着对岸狂奔，几只形态各异的鸭子在河面飞起又落下。我听见河里有噗通噗通的声音，可是不知道是从哪儿发出来的。我还见到两只橘黄色的蝴蝶，它们几乎飞到我手上了。"当我把梅茜的腿放到位，她说，"第十八种姿势。"我们都忍俊不禁。"我们明天就去吧，去河边。"梅茜说时我正小心翼翼地把她的头轻轻往手臂里放。"小心，小心，会疼的。"她突然叫起来，手脚开始挣扎。可是已经太迟，她的头和腿都已经伸入手臂环中，在我的推动之下，准备相互对穿。"怎么回事？"梅茜大声喊道。此刻她的肢体展现出惊人的美丽和人体结构的高贵，正如纸花，它的对称具有一种令人神魂颠倒的魔力。我又一次感到神情恍惚，头皮发麻。当我拉着她的腿穿过臂环的时候，梅茜就像袜子一样翻卷起来。"噢，上帝，"她发出悲号，"怎么回事？"她的声音似乎十分遥远。而后她不见了……还没有消失：她的声音非常细微，"怎么回事？"深蓝色的床单上只剩下她追问的回声。

家庭制造

我们逼仄的浴室，现在依然历历在目，灯光耀眼，康妮肩上披着一条浴巾，坐在浴缸沿抽泣，而我边往水池里放热水边吹着口哨，猫王的"Teddy Bear"，我得意的时候就是这德性。我还记得，一直记得，灯芯绒床罩上的纱绒漂在水面打起了旋儿，但只是到最近，我才完全意识到，如果这是那件往事的终结，如果现实生活中的事件可以被说成是有终结的话，那么，是雷蒙德占据了，可以这么说吧，此前的开始和过程；而如果世事不能以件次论之，本无往事一说，那么我就要坚持，这是一个关于雷蒙德，而不是关于童贞、交媾、乱伦和自渎的故事。因此，让我在这个故事的开始，告诉你，说来很讽刺，偏偏是雷蒙德想要让我觉悟到自己的童贞，其原因只有到后来才慢慢明朗，所以你得耐心。一天，在芬斯伯里公园里，雷蒙德走

31

过来，把我架到一片月桂树丛中，在我面前神秘地将手指一伸一屈，同时急切地望着我的脸。我一脸茫然。然后我也将手指一伸一屈，看来我是做对了，因为雷蒙德在咧着嘴笑。

"你明白了？"他说。"你明白了！"他的兴奋劲儿迫使我回答是的，并希望雷蒙德现在能走开，让我一个人屈伸手指，于无人处参透他那令人困惑的手指戏的寓意。可雷蒙德一把抓住我的衣领边，样子异乎寻常地急切。

"那么，怎么样？"他惊呼着问。为了拖延时间，我又勾起食指，然后慢慢伸直，冷静又自信，我是如此冷静又自信，随着我的动作，雷蒙德屏住气，一动不动。我看着我伸直的手指，说：

"这就要看啦。"心想我是不是就要发现今天我们说的究竟是什么了。

雷蒙德那时十五，比我大一岁，虽然我自认智力上胜他一筹——这也是为什么我要假装看懂了他的手指戏，但其实是雷蒙德先懂那些事情，是他在教我。是雷蒙德给我启蒙了成人生活的秘密，那些事情他天生就懂，却从未全懂。他带我发现的那个世界，所有迷人的细节、学问和罪孽，那个他在其中可以算是有纪念意义的人物的世界，其实从来都不适合他。他足够了解那个世界，但那个世界，可以说，却不想接纳他。所以，当雷蒙德变出香烟，是我学会了深吸一口，吐出烟圈，并像电影明星那样双手捧住火柴取火，而雷蒙德则被呛得手忙脚乱。后来雷蒙德先搞到了大麻，我听都没听过的，最终又是我很快飘飘欲仙，而雷蒙德却承认——我永远都不会如此坦承——他什么感觉都没有。还有，当雷蒙德装出低沉的声音，戴上假胡子带我混进恐怖片放映场时，他却闭着眼睛，手指堵着耳朵在那里从头坐到尾。鉴于我们单一个月就看了二十二场恐怖片，这着实令人惊异。而当雷蒙德从超市偷来一瓶威士忌，要让我见识一下酒精时，他不由自主地阵阵呕吐让我醉醺醺地傻笑了两个小时。我的第一条长裤也是雷蒙德的，他送给我作为十三岁的生日礼物。穿在雷蒙德身上，就像他的其他衣服一样，裤脚吊在脚踝四寸以上，大腿紧绷，裆部鼓出，但现在，仿佛我们友谊的一种象征，我穿着它就像是裁缝为我量身定做的一样，如此合身如此舒适，乃至我一年里没有穿过其他裤子。接下来是去商店行窃的冒险。这个主意照雷蒙德的解释相当简单。你走进弗耶尔的书店，口袋里塞满书，拿到迈恩路的小贩那里，他们会很乐意半价买下。第一次行事时，我借了爸爸的大衣，在人行道上翩翩而过。我在店外见到雷蒙德。他穿着长袖 T 恤，因为他把外套忘在了地下室，但他确信没有外套也能对付，于是我们走进店里。当我往上上下下的口袋里塞瘦身本的诗集精选时，雷蒙德却在往自己身上藏集注版七卷本《爱德蒙·斯宾塞文集》。换了其他任何人，这种大胆举动也许也能换来一些成功的机会，但雷蒙德的大胆具有一种不靠谱的天性，几乎完全游离了现实情境。他正从书架上把书拔下来时，书店的助理站到了他身后。我带着自己的收获与他们擦身而过时，两个人正站在门边，我朝紧箍着大部头的雷蒙德发出同谋的微笑，并对主动为我开门的助理道谢。幸运的是，雷蒙德偷书的企图显得如此无望，而他的解释又是那么白痴，被人一眼看穿，助理最后竟让他走了，我想，大概是当他精神不正常的人给随便打发了。

最后，或许也是最意义重大的，雷蒙德让我领略了手淫的暧昧快感。那时我十二岁，正处于性意识的破晓。我们正在探索一个轰炸废墟里的地窖，伸头探脑地想看看流浪汉们留下了点什么。此时雷蒙德却已褪下裤子，好像要小解的样子，开始用手揉搓鸡鸡，而且邀我一起来。我学他的样做，很快便被一种温暖而莫名的快感充满，这种感觉渐渐强烈，化为一股溶化涌动的热流，好似五脏六腑将要一泄而空。一时间我们的手疯狂地抽动。我正想要感谢雷蒙德发现了这样既简便又省钱还快活的消遣法子，又想知道我能否把一生献给这美妙的感觉——现在回头想想从很多方面看，我已经这么做了——这一切还没能说出口，突然一阵痉挛提动我的后颈、胳膊、大腿，五内翻动，伸展，抽搐，抓耙，最后排出了两朵精液，射在雷蒙德的礼拜日外套上——那天是礼拜天，又流进了他胸前的衣袋里。

"嘿，"他停下手中的动作，说，"你这是做什么？"还没有从那摧枯拉朽的体验中恢复过来，我一言不发，一句话都说不出。

"我教你怎么做，"雷蒙德连声数落我，小心地擦去黑色外套上闪烁的液迹，"可你只知道乱喷。"

就这样，到十四岁时，在雷蒙德的引领下，我已经熟知了一系列我恰当地归之为成人世界的享乐。我一天抽十支烟，有威士忌就喝，对暴力和淫秽颇有鉴赏力。我吸食过烈性的火麻脂，并明了自己的性早熟，但很奇怪的是，我从未意识到这有什么用，我的想象力尚未因渴望和隐秘的幻想而丰富。所有这些消遣的花费都出自迈恩路的小贩。在这些品味的养成上，雷蒙德是我的梅菲斯特，如同笨拙的维吉尔之于但丁，他指引我到了一处乐土，自己却无法涉足。他不能吸烟，因为会咳嗽，而威士忌会让他吐，那些电影则让他害怕或者觉得无聊，大麻也对他不起作用，我在轰炸废墟的地窖天花板上凝聚出钟乳石时，他什么都弄不出来。

"也许，"一天下午我们离开废墟时他悲哀地说，"也许对于做这些事情我已经有点老了。"

因此当雷蒙德站在我面前，急切地把手指勾起伸直时，我感觉到，在成人世界那所广阔朦胧又美妙的大宅中，还有一间铺设毛皮的华贵内室，只要我矜持一点，为了自尊掩藏一下自己的无知，那么很快雷蒙德就会接盅，而我很快就会胜出。

"哦，这就要看了。"我们一边说一边穿越芬斯伯里公园。年少好事的雷蒙德曾经在这里用玻璃碴喂过鸽子，我们还一起活烤了希亚娜·哈科特的长尾鹦鹉，而她就晕厥在附近的草地上，当时我们那种天真的喜悦简直可以用《序曲》颂扬。在那片草地上我们这些小男孩还爬到灌木丛后面，朝在凉棚里做爱的人扔石头。我们穿过芬斯伯里公园时，雷蒙德说：

"你知道谁？"我知道谁？我仍然有点摸不着边，这可能是在转换话题吧，因为雷蒙德的脑子很糊涂。于是我反问："那你知道谁？"雷蒙德答道："露露·史密斯。"一句话使我恍然大悟，至少是悟出了我们谈话的主题，我真是惊人地无知啊。露露·史密斯！漂亮的露露！似乎一听到这个名字，我就感觉有只冰凉的手握住了我的卵蛋。亲爱的露露，人说她什么都会做，什么都做过。我们讲犹太笑话，大象笑话，还讲露露的笑话，这些主要都归功于那些夸张的传说。苗条的露露——可我的心为什么在震颤——她肉体的魔力只有她闻名的性欲与性力能匹配，她的粗俗只能与被她的粗俗激发的欲念来匹配，传奇只有现实能匹配。祖鲁的露露！传说她的裙下已拜倒伦敦北区一长列淌着口水的痴汉，一长串凄凉破碎的心，从牧羊丛林到荷洛围，从昂加到伊斯灵顿，那排列着的一条条鸡巴。露露！她颤动的胸脯和迷离的笑靥，香艳的大腿和指节的肉涡，这团娇喘不息、热力散发、双腿之上的少女肉身，在言之凿凿的传说中，搞过一头长颈鹿、一只蜂鸟、一个装铁肺的男人（他随后因此丧命），一头牦牛，卡斯·克莱[①]，一只绒猴、一根玛尔斯条[②]和她爷爷的莫里斯车的换挡手柄（随后对象切换成了一名交通指挥员）。

芬斯伯里公园里弥漫着露露·史密斯的气息，我第一次感到了那种模糊的渴望，而不仅仅是好奇。我大致知道那是些什么要做，在漫长的夏夜里我不是见过公园角落里处处是缠叠在一起的男女吗？我不是向他们扔过石头和水弹吗？——出于迷信心理现在我有点后悔了。走在芬斯伯里公园，穿行在一堆堆唐突的狗屎中间，我意识到了自己的童贞，这令我憎恶。我知道这是大宅中的最后一间密室，我知道它肯定是最奢华的一间，陈设比任何一间都更精巧，而诱惑也更致命，而我从来没尝试、干过和搞定的这一事实简直是一种诅咒，是信天翁一样臭的糗事。我看着雷蒙德，他仍然竖着手指，向我揭示我必须做的事。雷蒙德是一定知道的……

---

① 拳王阿里的本名。
② 一种知名品牌的巧克力条。

放学后我和雷蒙德去芬斯伯里公园戏院旁边的一个咖啡馆。在我们的同龄人还对着集邮册和作业本挖鼻孔的时候，雷蒙德和我却在这里度过了许多时光，大杯喝茶，讨论如何赚快钱。有时我们也和来这里的工人们搭话。米莱斯[①]应该来这儿把我们一动不动听讲的样子画下来，他们讲的都是些不知所云的幻想和冒险：与货车司机的交易，教堂屋顶上的铅皮，市政工程部失窃的燃料，然后讲骚货、裙子；讲摸呀、打呀、操呀、吸呀；讲屁股和奶头；后面、上面、下面、前面；戴不戴套；讲挠和扯、舔和射；讲女人那里潮湿、温暖而销魂；还有一些冷感而干涩，却也值得一试；讲鸡巴老弱或生猛；讲到，太快，太迟，还是根本到不了；讲一天多少次；讲随之而来的病；讲水泡、脓肿、溃疡和悔恨；讲败坏的卵巢和掏空的精囊。我们听他们说到清洁工操了什么，怎么操法；合作社的送奶工怎么塞进去的；送煤人干了什么；地毯工放倒了什么；建筑工竖起了什么；测量员量了什么；面包师配送了什么；煤气工喷出来什么；管子工探进去什么；电工又接上了什么；医生注射了什么；律师引诱了什么；家具工套上了什么，

---

① 英国先拉斐尔派代表画家之一。

诸如此类，乱七八糟的大杂烩、陈词滥调、双关语、含沙射影、套话、口号、道听途说和夸大其辞。我不求甚解地听着，在心里将这些逸闻记下并归档，以备将来之需，从性行为及性倒错史的表述来说，这其实就是一部性学大全。所以当我最终通过自己的亲身体验开始明白这一切时，我早已有一套全面的知识储备可供随时取用，而通过速览哈维洛克·蔼理斯和亨利·米勒的某些更为有趣的片段，这些知识又得到了扩充。我因此获得了少年性交专家的美名，成群结队的男生——也荣幸地包括女生——都前来咨询。这美名一直伴随我进入艺术学院，点亮了我在那里的人生。所有这些，都发生在一次交媾之后，那便是本故事的主题。

就是在这个我懵懂地听事记事的咖啡馆里，雷蒙德现在终于放松了他的食指，用它勾住了杯子把，然后说：

"一先令，露露·史密斯就给看。"这让我很高兴。很高兴我们不必贸然出击，很高兴不会被留下独自面对祖鲁·露露，并被期待完成那隐晦得要命的动作；很高兴这番必由冒险的首个回合只是一次侦察行动。还有，我有生以来只见过两个裸体女人。那时我们常去光顾的黄色电影根本够不上黄，只能看到大腿和背，还有那对快活的男女欲仙欲死的脸，其余的都留给了我们不够发达的想象力，什么都弄不明白。至于那两位裸女，我妈妈体型庞大又奇怪，松垂的皮肤像剥下来的蟾蜍皮。而我十岁的妹妹丑如蝙蝠，小时候我都不肯正眼瞧她，更别提共用一个澡盆了。况且，考虑到雷蒙德和我比咖啡馆里大多数工人有钱，一先令根本算不上什么花费。我比我那么多叔叔，比我可怜的超负荷工作的爸爸，比家里我知道的任何一个人，都要有钱。想到爸爸在面粉厂做着十二小时轮班的工作，晚上到家时筋疲力尽，脸色发白，脾气暴躁的样子，我经常会放声大笑。再想到还有成千上万的人像我家的这些人一样，我就会笑得更响。他们每天早上从自家的门前台阶上涌出，去往磨房、工厂、木料场和伦敦的码头，辛苦劳累一星期，星期天才得休息，星期一又得奔赴苦役。每晚回家时都变得更老，更累，却没有更富。我和雷蒙德喝茶时经常笑话这种对生活的消极背叛。他们砍呀挖呀推呀包啊查啊，为别人的利润呻吟和流汗；笑话他们为了肯定自己，把一生的低眉折腰看成是美德；笑话他们为没错过这地狱中的每一天而奖励自己。我笑得最多的是，鲍伯

41

叔叔、特德叔叔或者我父亲把他们辛苦赚来的先令中舍出一个当成礼物发给我们——在特殊的日子里或许是一张十先令的票子——我笑是因为我知道运气好的话我们在书店一下午的活赚得比他们辛苦积攒一星期的还多。当然，我得悠着点笑，因为要是搅黄这样的礼物可不行，尤其，他们显然在给我票子时从中获得了相当的快乐。我现在还记得他们的样子，我的一个叔叔或者我爸爸在狭窄的前厅来回踱步，手持硬币和钞票，回首往事，畅谈人生，沉浸在给予的奢侈中，故作姿态，感觉良好，良好到旁观他们都成为一种乐趣。在那短暂的一小会儿，他们觉得，自己是伟大的、智慧的、明辨的、好心的、包容的，也许还有点神圣呢，谁知道呢？作为父辈，以最明智、最大度的方式向子侄们分发他们睿智和财富的果实——他们是自己庙宇中的神，我算是谁呢要去拒绝他们的礼物？一星期五十个小时在工厂拼死累活，他们需要这样的前厅奇迹剧，这样父子间的神秘交汇，于是我在明察并欣赏这一情境的种种微妙之后，接过他们的钱，耐着性子陪他们玩上一会儿，压抑住可笑的感觉，过后才嗷嗷狂笑直到浑身无力，笑出了眼泪。在此之前，我是一个学生，一个很有希望的学生，讽刺吧。

故而，为了一窥那不可言传之物，那秘密中的秘密核心，那肉欲的圣杯，漂亮露露的私处，一先令不算太多。我催促雷蒙德尽快安排一次这样的观瞻机会。雷蒙德很自然地进入了舞台助理的角色，煞有介事地皱起眉头，低声沉吟着日期、时间、地点、报酬问题，并在一个信封的背面画了些符号。雷蒙德是少数既能从安排事情的过程中获得巨大乐趣而又善于把事情搞砸的人。很有可能我们会在错误的一天错误的时间到达，并且会因报酬和观瞻的时长而发生混乱，但有一件事情，最终将会比任何其他事情都更加确定，比太阳会在明天升起还要确定，那就是我们将最终得见那美妙之处。生活毋庸置疑是站在雷蒙德一边的。我感到在宇宙个人命运的阵列中，我和雷蒙德的命运被安排在了一条对角线上，只是那时我还找不到这么多词汇来表达这种感觉。命运女神会跟雷蒙德开玩笑，她也许会往他的眼睛里扬沙子，但从来不会唾他的脸，或者刻意踩踏他的生存之本——雷蒙德的错误、损失、背叛和伤痛，最终看来，都是喜剧而非悲剧。我记得有次雷蒙德花十七镑买了两盎司印度大麻粉，却发现根本不是大麻。为了挽回损失，雷蒙德带着那包东西去了索霍区一个路人皆知的交易点，想要把它卖给一个便衣警察，幸好那人并没有提起诉讼。毕竟至少在那时还没有针对马粪粉末交易的法律，即便它被包裹在锡箔纸里。然后便是那次越野赛跑。雷蒙德是个平庸的长跑者，却和其他十个人一起被选去代表学校参加县际运动会。我总是会去看这些运动会。事实上，没有什么运动能像一次精彩的越野赛跑一样，让我看得如此热切，如此兴奋。我爱看选手们进入彩旗通道，跨越终点线时备受折磨的扭曲的脸。我觉得那些紧接在前五十名之后的选手的脸尤其有趣，跑得比任何人都吃力，着魔似的竞逐场上一百一十三名的位置。我看着他们跌跌撞撞跑进彩旗通道，扯着喉咙干呕，胳膊使劲乱摆，倒在草地上，使我确信眼前正是一幅表现人类徒劳性的图景。比赛中只有前三十名选手计算名次，一旦这些人中的最后一个到达后，观众就开始散开，留下剩余的选手继续他们的个人奋斗——正是在这个时候我才兴致盎然。裁判、司仪和计时都回家很久了，冬末下午的天空阴云低垂，我还留在终点线旁，观看最后一批选手爬过终点标志。我扶起那些跌倒的人，给流鼻血的人递上手绢，为呕吐的人捶打后背，按摩痉挛的小腿和脚趾——名副其实的白衣天使。只是因为那些徒劳无获地跑进终点的人类失败者的胜利情怀，会让我兴奋，快活，甚至着迷。在广袤荒凉，四周环绕着工厂、高压电缆架、呆板的房屋和车库的场地上，我等待了十分钟，十五分钟，甚至二十分钟，一股冷风吹过，夹带凄冷小雨。站在这样阴沉的天色下，突然在旷野很远的那端，辨别出一个微弱的白色小点，缓慢地朝通道靠近，缓慢地用麻木的双脚在湿冷的草地上丈量出完全徒劳的微渺宿命。我是如此心绪激昂，泪水盈眶。在那阴云低覆的都市天空下，似乎是为了把有机生命演化过程的复杂整体性和人类目的统一起来，以便我领会，那个细小的阿米巴变形虫一样的白点现在穿过旷野，化成人形，同样为了我，摇摇晃晃又坚定不移地抵达彩旗——只是生命，只是面目不详，不断自我更新的生命。当那个人像把大折刀一样栽倒在终点线的地面上，我心头温暖，精神升华，委身于宇宙生命过程的真义，任凭放逐。

"运气不好，雷蒙德，"我语调轻快地说，递给他套头衫，"下次会好的。"同时又弱弱一笑，不无悲哀地想起阿莱契诺[1]和费斯特[2]来，想到他们两个都是小丑，不是悲情人物，只有悲情人物才手握王牌，二十二张大阿卡那，他们的字母是 Than，他们的符号是太阳神。这样微笑着，我们离开了就快天黑了的野地，雷蒙德说：

"哎，这只是一场越野跑，只是一场游戏，你知道。"

雷蒙德答应第二天放学后向女神露露·史密斯面陈我们的提议。可我被迫保证过那天晚上会照看妹妹，因为我父母要去沃森斯道赛狗会，于是我在咖啡馆跟雷蒙德分了手。回家的路上我一直想着女人的私处。我在女售票员的微笑中看见它，在车辆的咆哮声中听到它，从鞋油厂的烟灰中嗅到它，从过路的主妇们的裙摆下面浮想它，在我的手指尖上触摸它，在空气里感受它，在心里描画它。晚饭吃的是面拖香肠，吞咽也仿佛一种无法言传的仪式，我感觉吞下的是面糊和香肠做成的女人私处。可是尽管这样，我还是不知道它究竟是什么样子。我打量桌子对面的妹妹。刚才我说她丑如蝙蝠是有点夸张了——我开始觉得她也许不是那么难看。诚然她的牙比较突，脸有点凹，但在

---

① 即"哈利昆"，意大利即兴喜剧中最广为人知的小丑角色，剃光头、戴面具、身穿杂色衣服并手持木剑。
② 莎士比亚喜剧《第十二夜》中的丑角。

暗处你就不大看得出来，如果头发刚洗过，像现在这样，那几乎可以勉强算是长相过得去了。所以一点不奇怪地，我对着面拖香肠寻思起来，如果哄哄康妮，或许只要随口骗骗她，让她想象一下，就一小会儿，把自己想成别人，比如说，一个年轻貌美的贵妇，电影明星，那么康妮和我就可以跳上床，演出那动人的一幕：我去关灯，你快把这身笨重的睡衣脱下来……然后带着这样舒服得来的知识，我就可以热烈而放肆地面对令人生畏的露露了，那可怕的考验也将变得不足挂齿。谁知道呢，也许偷窥秀进行到一半，我就会把她放倒，然后……

我向来不喜欢照看康妮。她被娇纵惯了，脾气坏，很难伺候，不爱看电视，总是想玩游戏。我通常会想法子把时钟拨快一小时，好让她早点上床睡觉。今晚我把它拨了回来。一等我父母出去看赛狗，我就问康妮想玩什么游戏，她想玩什么都行。

"我不想跟你玩游戏。"

"为什么？"

"因为你吃饭的时候一直盯着我。"

"哦，当然了，康妮。我要想你最喜欢玩什么游戏呢，

47

所以才看着你。就这样。"最后她同意玩捉迷藏，我一直
鼓动她玩这个，因为我们家房子的大小决定了只有两个
房间你可以藏，都是卧室。康妮先去藏。我蒙上眼睛数到
三十，听到她的脚步走上爸妈的房间，床的吱扭声让我心
中暗喜——她正在往鸭绒毯里面藏，这是她第二喜欢的地
方。我喊着"我来了"，开始爬上楼梯。在楼梯下面时我
觉得我还没想清楚自己想做什么。可能只是看看，弄明白
哪儿是哪儿，记下个平面图，以备日后参考——毕竟要是
把小妹吓着了可不行，她想都不用想就会全告诉爸妈，那
就意味着一种我不愿意看到的场面，费力地编造谎言，大
喊大哭，诸如此类。我需要所有的能量来对付心头的执
念。不过，等我上到楼梯顶时，血已从大脑流到了腹股
沟，说得文气点，就是从理性流到了感性。我站在楼梯顶
端喘着气，将汗湿的手伸向门把时，已经决定要对妹妹动
粗。我轻轻地推开门，用唱歌似的调子喊道：

"康——康妮，你在哪儿——哪儿?"我总能把她逗
笑，但这次却没听到声音。我屏着气踮起脚走到床边唱道：

"我知——知道你——你在哪里。"朝鸭绒毯下露出马
脚的隆起，弯下腰，我小声说，

"我来抓你了。"说着轻轻地，几近温柔地把厚重的盖被揭开，朝温暖的黑暗里窥视。怀着令人眩晕的期待，我把毯子拉起来，可是，无辜无助地横陈在我面前的只是爸妈的睡衣，就在我惊讶地往后跳开时，腰上早中了一拳，那种不假思索的力道只能是出自一个妹妹擂向哥哥的拳头。康妮在那里高兴地手舞足蹈，衣橱的门在她身后洞开。

"我看到你了，我看到你，你却没看见我！"为了解气，我踢了她的小腿，然后坐到床上想下面怎么办。康妮可想而知地，坐在地板上装模作样地哭闹起来。过了一会我觉得那噪音令人沮丧，就下楼去看报纸，肯定康妮很快就会跟下来。果然，她气鼓鼓地下来了。

"你现在想玩什么游戏呢？"我问她。她坐在沙发的边上撅着嘴，对我嗤之以鼻，在生我的气。我几乎都想要忘掉整个计划，看一晚上电视算了，忽然间却有了一个主意，一个如此简洁，如此优雅，如此清晰而具有形式美的主意，如此量身定制万无一失。有一个游戏对像康妮这样既爱家又缺乏想象力的小姑娘来说是无法抗拒的，从牙牙学语开始，康妮就不断地烦我，要我陪她玩。因此我的少年时代经常被她这样的请求骚扰，而我总是以断然的拒绝

49

将她赶走。总而言之，我宁可被绑在柱子上烧死，也不愿意被朋友们看见在玩那种游戏。现在，我们终于要玩"爸爸妈妈过家家"了。

"我知道有一个游戏你肯定想玩，康妮。"我说。自然她没有搭理，但我让话在空气中像钓饵一样地停留了一会，"我知道有一个游戏你肯定想玩。"她抬起头。

"是什么？"

"就是那个你一直想玩的游戏。"

"爸爸妈妈过家家？"她顿时焕发光彩，变了个人似的，欣喜若狂，满怀热忱，一阵风似的从自己的房间搬来了童车、布娃娃、炉子、冰箱、小摇床、茶杯、洗衣机和狗窝，把它们摆在我周围。

"现在你到这里来，不是那里，这里可以做厨房，那里是你进来的门，不要踩到那里，那是一面墙，我走进来看见你，我对你说话，然后你跟我说，说完你出去了，然后我做午饭。"我被抛入到这场迷你生活秀，这乏味的、日复一日的、沉闷庸碌的生活，我父母和他们的朋友们的可怕而琐碎的生活，康妮如此渴望模仿的生活。我去上班然后回来，我去酒吧然后回来，我去寄信然后回来，我去商店然后回来，我读报，我捏捏子女的胶木脸蛋。我读另外一份报，再捏捏其他的脸蛋，去上班然后又回来。康妮呢？她在炉子上做饭，在水池里洗刷，洗啊，喂啊，哄她的十六个娃娃睡觉，又把它们叫醒，加一点的茶——她很开心。她是星际主妇女皇，她拥有并主宰着周围的一切，一切尽在眼底，一切了若指掌，她告诉我什么时候出去，什么时候进来，我去哪个房间，说些什么，怎么说，什么时候说。她很开心，她很完满，我从来没见过其他人有这么完满，她笑了，嘴咧得很开，是我从未见过的天真又快活的笑——她在此时此地尝到了天堂的滋味。她沉浸在惊奇和欣喜中，有一刻话说到一半竟噎住了，于是坐在自己的脚后跟上，眼里闪着光，发出一声长长的音乐般的叹息，透出难得又美妙的幸福感。我怀着强暴她的想法简直太可耻了。在半小时里第二十次下班回来后，我说：

"康妮，我们漏掉了妈妈和爸爸在一起做的最重要的一件事。"她难以相信我们还漏掉了什么，很好奇地想知道。

"他们在一起做爱，康妮，你肯定知道这个。"

"做爱？"这个词从她嘴唇上蹦出来我听上去那么奇怪而空洞，不像是我揣度的那么回事。

"做爱？是什么意思啊？"

"哦，就是他们晚上做的事情，晚上上床以后，睡觉之前。"

"做给我看看。"我解释说我们得上楼到床上去才行。

"不，不用。我们可以假装这就是床。"说着，她指了指地毯上的一块方形图案。

"我没法同时假装又做给你看。"于是我再次爬上楼梯，又一次血液沸腾，阳刚之气骚动起来。康妮也很兴奋，游戏的幸福感冲昏了她的头脑，她很乐意看到还有什么新奇的下文。

"首先他们要做的，"我边说边领着她走到床边，"就是脱光所有的衣服。"我把她推到床上，用紧张得不听使唤的手指解开她的睡衣，直到她赤身坐在我面前。她身上还散发着沐浴后的香味，由于觉得好玩一直咯咯笑个不停。接着我自己也脱了，剩下内裤免得吓着她，坐到她身边。小时候我们对彼此的身体司空见惯，不把裸体当回事，不过那也有些年头了，我意识到她有些不安。

"你肯定他们是这么做的吗？"

欲望冲走了我的犹疑。"是的，"我说，"其实很简单。

52

你那里有个洞，我把小鸡鸡放进去。"她用手捂住嘴，一脸不信地笑起来。

"这很傻。为什么他们要这么做？"我不得不心下承认，这事儿确实有些玄。

"他们这么做，因为这是他们说喜欢对方的一种方式。"康妮开始觉得这一切都是我编造出来的，而我，从某种意义上说也不得不认同。她盯着我，眼睛瞪得老大。

"可这很傻啊，为什么他们不直接告诉对方呢？"我开始辩解，就像一个科学狂人在对一个持怀疑态度的理性主义者解释他的古怪新发明——交媾。

"瞧，"我对妹妹说，"不止是这样。也是一种非常美妙的感觉。他们这样做也是为了获得那种感觉。"

"获得感觉？"她还是不太相信我。"获得感觉？你说什么啊，获得感觉？"

我说："我来做给你看。"说着便把康妮推倒在床上，学着我和雷蒙德看过的电影里的姿势，趴到她身上。我还穿着内裤。康妮面无情地看着我，也不害怕——实际上她可能快要觉得烦了。我两边扭来扭去，想不用起身就把裤子挣掉。

"我还是没感觉。"她在我身下抱怨。"我什么感觉都没有，你有什么感觉吗？"

　　"等等。"我嘟囔着，一边用手指尖勾着内裤褪到脚趾上。"你稍等一下，我会做给你看的。"我开始生气，对康妮，对我自己，对世界，但主要是对缠在脚踝上挣不脱的内裤。最后终于脱掉了。我那玩意儿硬邦邦地顶着康妮的小腹，我一手撑起身体的重量一手握着它在她的双腿之间鼓捣。我搜索着她的小缝隙，却完全不知道自己要找的是什么，却还是怀有些许期待，期待随时会被超度，被一阵快感的旋风裹挟而去。我心中想象那也许是一个温暖的肉穴，但我一阵乱戳乱撞，除了紧闭而抗拒的皮肉，什么都没发现。康妮则仰躺着，还不时地评论一两下。

　　"哦，那是我尿尿的地方。我肯定妈妈和爸爸不会这么做。"我支撑身体的那只手开始针刺般地酸麻，感到那儿有点擦痛了，但还继续戳探着，绝望的情绪在滋长。每次康妮说"我还没有任何感觉"，我觉得自己的男子气就流失一点。最后我不得不停下来。我坐在床边开始回顾这令人绝望的失败。康妮在我身后用胳膊支起身子。过了一会，我感觉床开始被无声的抽搐晃动，转过身，我看见康妮的扭曲的脸上淌着眼泪，笑得扭来扭去，说不出话来。

"怎么啦?"我问，但她只是胡乱朝我指了指，咕哝着什么，又倒在床上，笑得喘不过气。我坐在她身边，康妮从后面摇我，我脑子是一片空白，只是知道，再来一次是不可能了。最后她终于能说出一点话来，她坐起来，指着我仍然竖起的鸡鸡，喘着气说:

"它看上去……它看上去……"又笑得躺倒了，然后又挣扎着接着说，"好搞笑，它看上去好搞笑啊。"说完便又瘫倒在一阵尖细嘶哑的傻笑声中。我孤独地坐在欲望消退的空白之中，这最后一记耻笑令我麻木，令我意识到身边并不是一个真正的女孩，不是那个性别中真实的一员，当然也不是男孩，说到底也不算女孩——只是我妹妹。我瞪着自己瘪缩的鸡鸡，对着它可鄙的样子失神。就在我想要把衣服穿起来的时候，已经安静下来的康妮，碰了碰我的肘。

"我知道要插到哪里。"说着她躺回到床上，张开双腿，这是我没有想到让她做的。她把自己摆在枕头中间。"我知道洞在哪里。"

我忘记了妹妹，鸡鸡好奇地竖起来，满怀希望，响应着康妮的低声邀约。现在一切好了，她重新玩起了爸爸妈妈过家家，主导着游戏。她用手引导我，进入她紧湿的小女孩的阴道，一时间我们凝固了。我希望雷蒙德能看着我，我很高兴他让我意识到了自己的童贞；我希望漂亮的露露能看着我，事实上假如我的愿望能够实现，我会希望我所有的朋友，所有我认识的人，排着队走进卧室瞻仰我的光辉形象。因为甚于任何感觉，哪怕是耳后爆炸、长矛穿腹、烫烙私处，或者灵魂折磨，尽管这些我一样都没有感受过，那么就甚于想到这些时候的感觉吧，我感觉到的是自豪，自豪自己操过了，就算只是和康妮，我十岁的妹妹，哪怕只是和一只跛脚的山羊，我也会自豪自己以这样男人的姿势躺在这里，自豪能提前说"我操过了"，自豪我现在业已无可逆转地加入到人类社会的高级人群当中，他们深谙性事，并借此传宗接代。康妮也安静地躺着，眼睛半闭，呼吸深沉——她睡着了。现在过了她的上床时间，我们奇怪的游戏让她筋疲力尽。我这才开始轻轻前后动起来，只用几下就到了，可怜巴巴，草草了事，没什么快感。康妮被愤怒地弄醒了。

"你在我里面尿湿了"，她开始大哭。我悄悄地爬起

56

来，开始穿衣服。对人类交合来说，这也许是已知的最凄凉的交配，它包含了谎言，欺骗，羞辱，乱伦，对象的睡去，我那蚊叮似的高潮，还有眼下弥漫卧室的抽泣声。但我却感到满意，对此，对自己，对康妮，我满意地让一切歇上片刻，待其尘埃落定。我领着康妮去浴室，开始往水池中注水——父母很快就回来，康妮应该在她的床上入睡。我终于进入了成人世界，我为此高兴，但此刻我不想再看见一个裸体的女孩，或者裸露的任何玩意儿，至少在一段时间里。明天我会告诉雷蒙德忘掉和露露的约会，除非他想一个人去。我知道的是他根本不会想那么做。

夏日里的最后一天

第一次听到她笑时，我正趴在阳光下后院的草坪上，光着脊梁，肚皮贴着地。那年我十二岁。我不知道是谁，也没动，闭着眼。那是一个女孩的笑，一个年轻女人的，短促而紧绷，像是在不知所谓地讪笑。我把半个脸埋到草丛里，那草地我一个小时前刚割过，可以嗅到下面阴凉的泥土气味。河面吹来微风，午后的太阳叮着后背，那笑声轻拍过来，在我脑海里融为一体，别有滋味。笑声停了，只听见微风翻动我的漫画书，艾丽斯在楼上什么地方哭泣，一种夏天的滞重感在园子里弥漫。然后我便听到他们穿过草地走向我，我飞快地坐起来，猛地有点头晕，眼前的一切失去了颜色。那是个胖女人，或者说胖女孩，和哥哥一道向我走过来。她那么胖，胳膊都没法从肩膀上顺当地挂下来，脖子上堆着游泳圈。他们俩都朝我看，在说

61

我。等他们走到近前，我站起来。她一边和我握手，一边继续打量我，发出一种温顺的马儿那样的轻嘶声。那就是我刚才听到的，她的笑声。她粉红的手温热潮湿，像块海绵，每个手指根那儿都有个小肉涡。哥哥介绍说她叫珍妮，会住在我们的阁楼上的卧室。她长了好大一张脸，圆满如一轮红月，又戴着厚厚的眼镜，眼睛显得如高尔夫球般硕大。她松开我的手时，我不知该说什么。不过我哥哥皮特在不停地说，他告诉她我们要种些什么蔬菜，栽些什么花。又带她在能够透过树林看见那条河的地方停了停，然后领她回屋。我哥岁数恰好是我的两倍，他对这种场面很在行，说呀说的。

珍妮住进了阁楼。那儿我上去过几次，去旧箱子里找东西，或者从小窗口里眺望那条河。那些箱子里其实也没有什么，只是一些碎布头和衣服裁剪样。也许其中一些的确是我妈妈留下来的。在一个角落里有一叠没有画的画框。有回我上去那里，因为外面在下雨，而楼下皮特在和别人吵架。我帮何塞把那里打扫出一块来做卧室。何塞过去是凯特的男朋友，去年春天他把东西从凯特房间里都搬出来，住进了我隔壁的空房间。我们把那些箱子和画框搬进车库，把木地板染成黑色，铺上地毯，又从我房间里把那张加床拆出来，搬上楼。有了这些，再加上一桌一椅，一个小橱柜，斜屋顶下只够两个人站立的空间。而珍妮的全部行李就是背包加一个小箱子。我帮她提上楼，她在后面跟着，气喘得越来越粗，不得不在第三层楼梯的中途停下来歇一会儿。我哥哥皮特从后面跟上来，大家都挤了进去，就好像我们都要住到那里，并且是第一次过来看似的。

我指给她看窗户，从那儿她能望见河。珍妮坐着，硕大的胳膊肘搁在桌上。她在听皮特讲故事，不时用一条白色大手绢轻轻擦她那潮湿的红脸蛋。我坐在她后面的床上，看到她的背那么宽阔，而椅子下面她粉红的粗腿，逐渐收细，末了挤进一双小鞋。她浑身都是粉红的。她的汗味充满了房间，闻起来像外面新割过的草。我忽然想到，不能吸进太多这样的气味，要不我也会变胖。我们起身离开，好让她安放行李。她连声说谢谢，我走出门时，她又发出小小的嘶鸣，她那紧绷的笑声。我在门道里下意识地回头，看到她正望着我，睁着那双被放大得跟高尔夫球似的眼睛。

"你不太说话的，是吗？"她说。这似乎让开口更难

63

了。于是我朝她笑了笑，继续下楼去了。

　　到了楼下，轮到我帮凯特做晚饭。凯特长得高挑忧郁，正好和珍妮形成对照。我以后要是找女朋友，就找凯特那样的。她很淡很白，即便是在这样的夏天。她的发色有点怪，有次我听山姆说那是一种棕色信封的颜色。山姆是皮特的朋友，也住这里，何塞搬出凯特卧室时，他想把他的东西搬进去。但凯特挺傲，她不喜欢山姆，因为他太吵。如果山姆搬进凯特的房间，他肯定会把凯特的女儿艾丽斯吵醒的。凯特和何塞同在一个房间时，我总是会观察，看他们是否会看一眼对方，可他们从来不。去年四月的一个下午，我去凯特的房间借东西，看到他们一起睡在床上。何塞的父母来自西班牙，他的皮肤很黑。凯特仰卧着，摊开一条胳膊，何塞就枕在那条胳膊上，偎依着她。他们没穿睡衣，被子盖到半腰。一个那么白，另一个那么黑。我在床尾站了很久，看着他们。似乎那是一个秘密，我发现的。凯特睁眼看到我，很轻声地叫我出去。我很奇怪他们曾经那样躺在一起，现在却互相看都不看一眼。我以后要是睡在一个女孩的胳膊上，是不会让这种情形发生的。凯特不喜欢做饭。她要花很多时间去确认艾丽斯没有把小刀塞进嘴里，没有把开水壶从炉子上扒拉下来。凯特更喜欢打扮得漂漂亮亮出门，或者几小时几小时地煲电话粥，我要是个女孩，也会更情愿做这些。她如果回来晚，我哥哥皮特就得哄艾丽斯上床。凯特跟艾丽斯说话时总是神色忧伤。当她告诉她怎么做时，总是说得很轻，似乎她并不是真的想和艾丽斯说话来着。她对我说话时也一样，好像我们根本不是真的在谈话。她在厨房看到我的背，就把我带到楼下的浴室里，用一块毛巾搽了些炉甘石水在我身上。我能从镜子里看见她，她脸上没什么特别的表情，说话时从牙缝里发出声音，半嘘半叹。当她想要我背上另外一块对着光时，就推推或拉拉我的胳膊。她飞快地轻声问我楼上的女孩长什么样，我说"她很胖，笑起来很滑稽"后，她又不置一词。我帮凯特把蔬菜切开，摆好桌子。然后便走到河边去看我的小船。那是我用父母去世时得到的一些钱买的。等我走到码头时，太阳已经下山了，河面成了暗黑色，漂着一片片碎红，有点像过去阁楼上的碎布头。今晚的河水流速缓慢，空气温暖爽滑。因为背被太阳晒疼了，没法摇桨，我没有解开小船，而是爬进去，坐在里面感受河水静静的起伏，看那些碎红布头沉入黑色的水

65

中，想着自己是不是吸了太多珍妮的气味。

我回来时他们正准备开饭。珍妮坐在皮特旁边，我进来时她没从盘子上抬起头，甚至我在她的另一边坐下时也没有。在我身边她如此庞大，却还那样俯在盘子上，让人感觉她好像并不想置身于此，我有点为她感到难过，想和她说说话。可又不知说什么好。实际上这顿饭没人言语，大家都只是把刀叉在盘子里推前挪后，间或有人嘟囔一声递个东西。我们平常吃饭并不是这样，总会说些什么。但现在有珍妮在，她比我们任何人都要安静，都要大个，还埋头在盘子里。山姆清了清嗓子，朝桌子一端的珍妮看去。其他人都抬起头，等着，除了珍妮。山姆又清了下嗓子说，"珍妮，你以前住哪里？"

因为一直无人开口，这话显得硬生生的，好像山姆是在办公室为她填表一样。而珍妮呢，仍旧看着她的盘子，说，"曼彻斯特，"然后看着山姆，"一所公寓里。"接着发出小小的嘶鸣样的笑，很可能是因为我们都在望着她。然后山姆说着"啊，我知道了"之类的话，边想下面该说点什么的时候，她却又埋头到盘子里去了。楼上艾丽斯开始哭闹，凯特上去把她抱下来，让她坐在膝上。她停下不哭后，就开始轮流指着我们每个人，"呃，呃，呃"地叫着。我们低头吃饭一言不发时，她围着桌子指了一圈，好像是在责备我们为什么不想点话题。凯特叫她安静，带着她和艾丽斯在一起时惯常的忧伤神色。有时我想她这个样子可能是因为艾丽斯没有爸爸。她看上去一点不像凯特，头发非常淡，耳朵大得和头不相称。一两年前艾丽斯很小的时候，我以为何塞是她爸爸。但他的头发是黑色的，而且从来不怎么关心艾丽斯。当大家都吃完头道菜，我帮着凯特收拾盘碟时，珍妮把艾丽斯揽到了膝头。艾丽斯还在咿咿呀呀，对着屋里的东西指指点点。可她一到珍妮的膝头，就变得非常安静，可能因为这是她见过的最大的膝头吧。凯特和我把水果和茶端上来，大家开始剥橘子和香蕉，吃园子里摘的苹果，倒茶，递着牛奶和糖，并开始说笑，像往常一样，像没什么事情曾让他们欲言又止一样。

珍妮把膝上的艾丽斯逗得很开心，一会儿像奔马一样抖动，一会儿手像鸟一样朝艾丽斯的肚子俯冲，一会儿秀给她看各种手指戏法，艾丽斯一直叫着还要。这是我第一次听到她笑成这样。珍妮顺着桌子瞥了一眼凯特，她一直在看她们玩，表情像在看电视。珍妮把艾丽斯送到她妈妈身边，似乎忽然觉得不好意思，因为把艾丽斯抱在膝上这么久，还玩得这么开心。回到桌子那头的艾丽斯还在叫："还要，还要，还要。"五分钟后她妈妈抱她上床时，她还在叫。

因为哥哥吩咐了，第二天清早，我把咖啡端进珍妮的房间。我进去时她已经起来了，坐在桌前往信封上贴邮票。她看上去没有昨晚那么大。她让窗子敞开着，房间里充满了早晨的空气。她好像起来很久了。透过她的窗子，可以看到树木间蜿蜒的河水，在阳光下轻盈而安详。我想到外面去，在早饭前看看我的船。可珍妮想聊聊。她让我坐在她床上，讲讲我自己。她没有问我什么问题，而我也不能确定该如何开始向别人介绍自己，所以只是坐在那里，看她一边在信封上写地址，一边啜着咖啡。我倒不介意，在珍妮的房间里还行。她在墙上挂了两幅画。一幅是装在相框里的照片，是动物园里的一只猴子，倒挂在一条树枝上仰行，肚子上还攀了个小猴崽。你看得出那是一个动物园，因为底下还有管理员的帽子和半边脸。另外一幅是从杂志上剪下来的彩图，上面两个小孩手拉手沿海岸跑，正值日落时分，整个画面呈深红色，连小孩都是。很棒的画。她处理完信件，便问我在哪里上学。我告诉她假期过后就要去一所新学校，雷丁的综合学校，但我从来没去过那里，没多少可讲的。她见我又在往窗外看。

"你要去河边吗？"

"是的，我要去看看我的船。"

"我能和你一起去吗？你愿意带我去看看那条河吗？"我在门口等她，看着她把粉红色圆滚滚的脚塞进扁平的小鞋子里，又用一把背面有镜子的梳子刷了刷很短的头发。我们穿过草坪走出园子尽头的小门，踏上小路，两边是高大的蕨草。半路上我停下来听一只金翼啄木鸟，她告诉我她听不懂小鸟的歌声。多数大人从来不会跟你说他们不懂什么。因此在小路那头连着码头开阔处的地方，我们在一棵橡树底下站住，她可以听听乌鸫。我知道那里有一只，而且总是在早晨这个时候歌唱。我们刚走到那里，它就停了。我们只好静静地等它重新开始。站在几乎半枯的树干旁，我听见其他树上的鸟叫声，河水从前面不远处码头下流过。但我们的鸟却偃旗息鼓了。沉默的等待似乎让珍妮有点不安，她捏紧鼻子，免得发出那嘶鸣的笑声。我很想让她听那乌鸫叫，于是把手放到她的胳膊上，看我这么做，她笑笑把手从鼻子上移开。几秒钟后，乌鸫开始了它婉转悠长的鸣唱。这许久它一直在等我们安定下来。我们走到码头上，我给她看我的船系在尽头。那是一条划艇，外绿内红，像只水果。这个夏天我每天都来，为它划桨，给它上漆，把它擦干净，有时只是来看看它。有一次我逆流划了七英里远，然后用那天剩余的时间顺流漂回来。我们坐在码头的边沿看着小船、河水和对岸的树。然后珍妮面朝下游说，

"伦敦就在那个方向。"伦敦是一个我不想让河水知道的很要紧的秘密。它流过我们家时还不知道伦敦。因此我只是点头，什么都不说。珍妮问我她能不能坐一下小船。一开始我有点犯愁，因为她太重了。当然我不能这么对她说。我后斜着身子拉紧缆绳让她爬进去。她进去时把周围弄出好一阵咕咚咕咚的动静。船看上去并没有比平常明显下沉，我也就上去了。我们从这个新视角望着河面，你能看出这河是多么古老和强大。我们坐着聊了很久。我先告诉她我父母两年前如何在一次车祸中丧生，而我哥哥又怎么想到把房子变成集体公寓；起初他计划让这里住上二十个人，但现在我想他打算把人数控制在八个左右。然后珍

妮告诉我她以前在曼彻斯特一所很大的学校里当老师，孩子们总是笑话她，因为她胖。她似乎并不介意谈到这个。她讲了那时一些好玩的事情。当她告诉我有次孩子们把她锁在一个书橱里时，我们都大笑起来，笑得船都开始左右摇晃，在河水里推起了一些小波浪。这次珍妮笑得很放松，有节奏，不是以前那样生硬的嘶笑。回来的路上她凭着歌声认出了两只乌鸫，穿过草地时她又指认了一只。我只是点头。其实那不过是一只欧鸫，但我太饿了，懒得告诉她其中的区别。

三天后我听见珍妮在唱歌。当时我正在后院用一堆零件组装自行车，从厨房敞开的窗子里传出她的歌声。她在里面做午饭和照看艾丽斯，凯特出去见朋友了。她记不得歌词，歌声欢快中又有点悲伤，她像个呱呱的黑女佣那样对着艾丽斯唱。新的早晨好人儿……啦啦啦，啦啦啦，啦，新的早晨好人儿啦啦啦，啦啦啦，啦。新的早晨好人儿带我离开这里。那天下午我划船带她出河，她又唱起另外一首歌，也是同样的调子，这次完全没有歌词。呀啦啦，呀啦，呀咿咿。她伸开双手，转动着被放大的眼睛，好像是专为我唱一首小夜曲。一个星期过后，整栋房子里都是珍妮的歌声，有时她记得一两句歌词，但更多时候只是无词的哼哼。她很多时间都花在厨房，那也是她最常唱歌的地方。厨房被她弄得更敞亮：她刮掉了北窗上的画，让更多光线透进来，没有人想得起为什么原先那里会贴张画；她搬走了一张旧桌子，地方一腾出来，大家都马上意识到它曾经多么碍事；一天下午她把整面墙都刷成白色，让空间显得更大些；她重新整理了碗碟，让大家知道什么东西放在什么地方，连我都能够得到。她把厨房变成了一个你没事可以来坐坐的地方。珍妮自己做面包，烤蛋糕，而这些东西我们平常都去商店买。她来的第三天我的床铺换上了干净的被单。她把我睡了一个夏天的被单和大部分衣服都拿去洗了。她会用整个下午来做咖喱，那天晚上我吃到了两年来最美味的一餐。当其他人告诉她大家觉得这有多么好的时候，珍妮就会紧张，并发出嘶笑。这时我看得出其他人仍受不了她这么笑，他们旁顾左右，似乎遇到什么令人生厌的事情，非礼勿视。但她的那种笑声我一点都不在乎，我甚至察觉不到，除非在场的其他人把目光转向别处。大多数下午我们都一起去河上，我教她划桨，听她讲教书时的故事，讲她在超市工作时，每天都看到有些老人进来偷火腿和黄油。我教她辨认更多的鸟鸣，但她始终只记得住第一种，乌鸫。在她房间里，她给我看她父母和哥哥的照片，说，"只有我胖。"我也给她看我父母的照片。有一张是他们去世前一个月拍的，照片里他们手拉手走在台阶上，冲着镜头笑。那是我哥哥在搞怪逗他们，好让我拍下来。照相机是我刚得来的十岁生日礼物，这也是我用它拍的最初几张照片之一。珍妮看了很久，说了些她看上去是个非常好的女人之类的话，忽然间我觉得妈妈只是一个照片中的女人，而她可以是任何女人，第一次我感觉她远离了我，不是在我心里向外看，而是在我身外，被我、珍妮或者任何拿着这张相片的人注视着。珍妮把它从我手中拿走，和其他的一起放进鞋盒里。我们下楼时，她开始讲一个很长的故事：她的一个朋友写了一出戏，戏有一个奇怪而安静的结尾。那朋友希望珍妮在终场时带头鼓掌，可珍妮不知怎么搞错了，在终场前十五分钟的一段沉默戏里鼓起掌来，结果戏的最后一部分就这样给丢失了，掌声很热烈，因为没人看懂戏在讲什么。我想，她讲这些，是为了让我别再想妈妈，她做到了。

凯特有更多的时间和雷丁的朋友们在一起。一天早晨我在厨房，她打扮得很光鲜地走进来，一身皮装配皮长靴。她坐在我对面等珍妮下来，好告诉她给艾丽斯喂什么，她会什么时候回来。我想起差不多两年前的一个早晨，凯特也是同一身装扮走进厨房。她坐在桌旁，解开衬衣，开始用手指往一个瓶子里挤白得发蓝的乳汁，挤完一个奶头再换另一个，似乎没注意到我坐在那儿。

"你这是干吗啊？"我问她。

她说，"好让詹内特待会儿喂艾丽斯吃啊。我得出门。"詹内特是过去住在这里的一个黑人女孩。看着凯特把自己的奶挤到一个瓶子里，感觉很古怪。那让我觉得我们只是一群穿着衣服，行为奇特的动物，就像茶会上的猴子。只是大多数时候我们都太过彼此习惯了而已。我很想知道，早上一起来就和我一道坐在厨房里的凯特，是不是也想起了那次的情形。她涂着橘红的唇膏，头发盘到后面，令她越发显瘦。她的唇膏带点荧光，就像一种路标。她不停地看表，皮靴吱扭作响。她看上去像个外太空美女。这时珍妮下来了，穿着一件巨大的碎布睡袍，打着哈欠，因为才起床。凯特轻声飞快地向她交待着艾丽斯今天的饮食。一说起这些事似乎就令她忧伤。她拿起包跑出厨房，又回过头说了一声"Bye"。珍妮在桌旁坐下喝着茶，似乎她当真就是守在家里照看阔太太的女儿的胖嬷嬷。你爸爸富有，你妈妈漂亮，啦啊……啦啦啦……啦啦别哭。其他人对待珍妮的态度有一种说不出来的味道，当她是一个外来的怪物，和他们不是同类。他们对她做的大餐和蛋糕早已习以为常，如今没人再为此有所表示了。有时晚上皮特、凯特、何塞和山姆围坐在一起，用皮特自制的水烟管抽大麻，听音乐，把音响的声音开得很大。这时珍妮就会上楼回自己的房间，这种时候她不喜欢和他们在一起，我能看得出来他们因此有点不快。虽然她是个女孩，却没有凯特和我哥哥的女朋友莎伦那么美，也不像她们那样穿牛仔裤和印度衬衫，可能是因为她找不到合身的吧。她穿印花的裙子和一些平常的衣服，就像我妈妈或是邮局里的女人们穿的那样。若为什么事情紧张了，她就会发出嘶笑，我能感到他们把她看作某种精神病人，看他们把头扭开的样子我就知道。他们还在想她那么胖。有时她不在场，山姆称她为"苗条的吉姆"，这总是让大家哄笑。他们并不是对她不友好什么的，他们只是在以某种说不清的方式，把她排斥在外。

75

有次我们在河上，她问我关于大麻的事情。"你是怎么看待这个的？"她说。我告诉她在十五岁前我哥哥不会让我碰它。我知道她是坚决抵制的，但她没有再说什么。同一天下午我为她拍了一张抱着艾丽斯靠在厨房门上，朝着太阳微微眯眼的照片。她也帮我拍了一张在后院撒把骑自行车的照片。就是那辆我自己用零件组装起来的车。

说不清从哪天起珍妮真成了艾丽斯的妈妈。起初她只是在凯特去会朋友的时候照看她。后来凯特与朋友的会面越来越频繁，几乎每天都去。于是我们三个，珍妮、艾丽斯和我，在河边一起度过了许多时光。码头边有一方草岸，斜下去连着一片六英尺见宽的小沙滩。我摆弄船的时候，珍妮就坐在草岸上陪艾丽斯玩。我们第一次把艾丽斯放进船里的时候，她像只猪崽那样尖叫。她不信任水。过了好久，她才敢站到小沙滩上，就算她终于站上去了，眼睛也不敢离开水沿，生怕它会爬到自己身上来。看见珍妮从船里向她招手，很安全，她才打定主意。我们一起划到河对岸。艾丽斯不在乎凯特离开，因为她喜欢珍妮。珍妮断断续续唱着自己会的歌，坐在河边草岸上一直和她说个不停。虽然艾丽斯一个字都听不懂，但她喜欢听到珍妮的声音源源不断。有时艾丽斯会指着珍妮的嘴说，"还要，还要。"凯特面对她总是那样沉默和忧郁，她听不到多少直接对她讲的话。一天夜里凯特外出直到第二天早上才回来。凯特跑进来的时候，艾丽斯正坐在珍妮的膝头，把早饭洒了一桌子，凯特一把捞起她，抱着一遍一遍地问，不给任何人回答的机会。

"她还好吗？她还好吗？她还好吗？"当天下午艾丽斯又回到了珍妮身边，因为凯特又得去一个什么地方。我在厨房外的大厅里听到她跟珍妮说天黑她会回来，几分钟后她出现在车道上，手里提着一个行李箱。过了两天她回来时，只是把头伸进门看了一眼艾丽斯是不是还在那儿，然后便上楼回自己的房间去了。一天到晚带着艾丽斯并不总是件美差。我们无法把船划太远。二十分钟一过，艾丽斯又怕起水来，想要回到岸上。如果我们要走去哪里，大部分时候都得带上艾丽斯。那意味着我没法带珍妮去看河边我的一些秘密领地。一天下来，艾丽斯总会凄凄惨惨，莫名其妙地又哭又闹，都是因为累了。我厌倦了这么多时间和艾丽斯在一起。白天凯特大多待在自己屋里。一天下午我给她端杯茶上去，发现她在椅子里睡着了。因为很多时间要带着艾丽斯，我和珍妮不像她刚来那会儿聊得那么多了。倒不是因为艾丽斯会听见，而是珍妮的时间全被她占掉了。她脑子里没有其他事情，真的，似乎除了艾丽斯她根本不想和别人说话。有一天晚饭过后我们都围坐在前屋。大厅里凯特和什么人在电话上吵了很久。她挂了，走进来，噗通坐下，抓起一本什么就看。我看得出她很生气，不是真的在读。屋子里沉默了一阵，忽然艾丽斯在楼上哭，喊着要珍妮。珍妮和凯特都立刻抬头，互相对视了片刻。然后凯特起身离开了房间。我们装作继续看书，但实际上都在听凯特上楼的脚步。我们听到她走进艾丽斯的房间，恰好就在这间楼上。艾丽斯越哭越响，非要珍妮上去不可。凯特走下楼，这次很快。她进屋的时候珍妮抬起头，她们又对视了一下。而艾丽斯则一直不停地喊着珍妮。珍妮起身，在门边和凯特侧身而过，她们都没有说话。其余的人，皮特、山姆、何塞和我，都继续在心不在焉地阅读，听珍妮上楼的脚步。号哭停了下来，她在上面待了很久。她下来时凯特已拿了本杂志坐回了椅子里。珍妮坐下来，没有人抬头，没有人说话。

忽然夏天就过完了。珍妮有天清早来到我房间，把床上的被单和她能找到的衣服都拖走了。我开学前所有的东西都必须清洗。接着她命令我打扫自己的房间，整个夏天积攒在我床底下的那些旧漫画书和杯碟，所有的灰尘和我刷船用的油漆罐都被清除了。她又从车库里找来一张小桌子，我帮她搬进我的房间。那将是我用来做功课的书桌。她要带我到村子里请我，但不告诉我请什么。到那以后才发现原来她是要请我理发。我正想逃，她拉住我的肩膀。

"别傻了，"她说，"你不能这个样子去学校，你会一天也待不下去的。"于是我乖乖地坐在理发师跟前，让他剪去我的整个夏天，珍妮坐在我身后，看到我从镜子里瞪她便大笑。她从我哥哥皮特那里拿了一点钱，带我坐上进城的巴士去买校服。以过去我们在河上相处的经验，现在她突然指挥起我来，感觉有些怪。不过没事，真的，我想不出有什么理由不按她说的做。她领着我走过商业街，在鞋店和衣服店给我买了一件红色运动衫、一顶帽子、两双黑皮鞋、六双灰袜子、两条灰裤子和五件灰衬衫，一路上她问个不停，"你喜欢这些吗？""这个喜欢吗？"由于我对深浅不一的灰色并没有特别的偏好，所以她认为最好的我便同意。一个小时之内我们便搞定了。那天晚上她把我抽屉里的摇滚收藏清空了来放新衣服，还让我穿上整套行头。他们都在楼下大笑，尤其当我戴上红帽子的时候。山姆说我看上去像一个星际邮差。一连三个晚上，她让我用指甲锉擦膝盖，把埋在皮肤里的龌龊去掉。

接着便到了星期天，返校前一天，我最后一次和珍妮、艾丽斯一起驾船出去。晚上我就要帮着皮特和山姆把我的船拉上小路，穿过草坪，收到车库里过冬。我们还要再修建一个码头，一个更坚固的。这是那个夏天最后一次行船。我在码头上稳住船，珍妮把艾丽斯托进船里，自己也爬了进去。我挥桨划离岸边时，珍妮开始唱起一支歌。耶稣啊你能降临吗，耶稣啊你能降临吗，耶稣啊你能降临吗，啦啦啦啦啊，啦啦。艾丽斯站在珍妮两膝当中看着我划桨。她觉得我使劲前俯后仰的样子很好玩。她以为那是我们在和她玩的一个游戏，把脸一会儿凑近她又移走。有点奇怪，我们在河上的最后一天。珍妮唱完她的歌以后，许久都没有人说话。只有艾丽斯在冲我笑。河面寂寥，她的笑声飘过，不知所终。太阳发散出黯淡的黄光，似乎在夏日之末也燃尽了自己。岸上的树林里没有风吹，没有鸟鸣，连桨在水里也悄无声息。我逆流而上，阳光斜射在脊背上，但羸弱得难以察觉，苍白得甚至照不出影子。前面岸边有一个老人站在橡树下钓鱼。我们行到和他并排处，他抬头瞪着船里的我们，我们也回瞪着岸上的他。他看着我们，面无表情。我们也报之以无动于衷，没有人说"嗨"。他嘴里衔着一片草叶，我们经过时，他把它松开悄悄吐进了河里。珍妮把手探进缓滞的水中，望着河岸，似乎那是她头脑中唯一能看见的东西。这让我觉得她并非真的想和我一起到河上来。她来，只是因为我们曾经一起划过那么多次船，因为这是今年夏天的最后一次。想到这里我不免有点难过，桨划得更吃力了。我们这样走了半小时，她微笑着看我，我意识到先前觉得她不想来河上完全是我自己在胡思乱想，因为她开始聊起这个夏天，聊起我们一同做过的所有事情。她把一切说得很有意思，远比实际美妙。我们冗长的漫步，和艾丽斯一起沿河岸划行，我教她如何划桨和辨认不同的鸟鸣，还有那些我们在别人还在沉睡时便起来荡舟河上的清晨时光。她也带动了我，回忆起我们做过的种种，比如有一次我们以为看见了一只太平鸟，而另一次我们在某个晚上守在灌木丛后面等待一只獾出洞。很快我们就真的兴奋起来，对着沉闷的空气大喊大笑，为一个如此美妙的夏天，为我们明年计划要做的事情。

这时珍妮说，"明天你要戴上红帽子去上学咯。"她装出严肃并带有责备的语气，一个手指在空中指点，那样子让这句话变成我听过的最好笑的话。言下之意也是，整个夏天干了那么多有意思的事情，最后却要戴上一顶红帽子去上学。我们哈哈大笑，似乎停不下来。我不得不放下双桨。我们的咯咯声和喘息声越来越响，因为死寂的空气没有带走声音，它还留在船上萦绕着我们。我们一看到对方的眼睛就笑得更起劲更大声，最后肚子都笑疼了，我拼命想打住。艾丽斯开始大哭，因为她不知道发生了什么事，这让我们更加欲罢不能。珍妮把身体倾向船外，这样就可以不看到我。可她的笑声变得越来越紧绷和干哑，细小而急促的嘶声像一个个小石子从她喉咙里蹦出来。她粉红的大脸和粉红的胖胳膊晃动着，挣扎着，刚喘上一口的气，又随着一个个小石子跑掉了。珍妮回转身。她的嘴在笑，但眼神看上去惊恐而干涩，双膝一软倒了下去，手捂着笑疼了的肚子，把艾丽斯也撞倒了。船翘了起来，因为珍妮跌倒在船的一侧，她是那么大，我的船又那么小。船很快就翻了个，快得就像照相机的快门喀嚓一下，刹那间我就到了暗绿色的河底，手背抵到了冰冷的软泥，脸边有水草拂动。我能听到像块块石子入水般的笑声，就在耳边。但当我浮上水面时，却感到四下无人。河面黑黢黢的，我一定是在下面沉了很久。有东西碰着了我的头，我意识到自己被压在翻覆的船里。我又潜下去从另一边浮起，过了好长时间才喘过气来。我绕船游着，一遍遍呼喊珍妮和艾丽斯。我还把嘴埋在水里叫她们的名字。没有人答应。没有东西划破水面。河面上只有我。于是我悬在船边，等待她们冒上来。我等了很久，随船漂流，脑子里仍然回荡着笑声。我望着河水和西沉的太阳打在上面的片片黄色光斑。有时一个大寒战穿透我的腿和背，但大多数时候我是平静的，挂在绿色的船壳上，脑子里空空荡荡，什么都没有，只是望着河水，等着水面被冲开，黄斑散碎。我漂过那个老人钓鱼的地方，那似乎是很久以前的事情了。他早已不见，原先站过的地方只有一个纸袋。我是那么疲惫，我闭上双眼，感觉好像是躺在家里的床上，是冬天，妈妈来我房里道晚安。她关掉灯，而我把船滑进了河里。于是我又记起来了，呼喊珍妮和艾丽斯，又望着河水，然后我的眼睛开始合上，我妈妈又来我房里道晚安并关掉灯而我又沉入水中。很长时间我忘了呼喊珍妮和艾丽斯，我只是挂在船沿，漂流而下。我现在看到岸上有个地方，是我很久以前熟悉的。那里有一小片沙滩，码头边有一方草岸。黄斑已沉入水中，我推开小船，任它一路漂去伦敦，而我在黑色的水中慢慢朝码头游去。

舞台上的柯克尔

地板上有灰尘，布景只画了一半，他们全都赤裸地站在舞台上，明亮的灯光保持住他们的体温，并彰显空气中的尘埃。无处可坐，他们只得痛苦地左右交替重心。没有衣袋可以插手，也没有香烟。

　　"你这是头一回吗？"谁都是头一回，这只有导演清楚。只有相识的朋友在交谈，悄声且断且续。其余的人都默然。裸体陌生人之间如何开始交谈？没人知道。那些专业演员，出于专业的目的，互相瞟了瞟对方的那个部位，而其余的人，导演的朋友的朋友们，想弄点现钱才来的，都在不动声色地打量女人。贾斯敏刚刚一直在观众席后面和服装师说话，此刻他用混杂威尔士口音的伦敦土话高声叫道：

　　"都手淫过了吗，小伙子们？很好。"（并没人吱声。）

"如果给我看见勃起，就滚蛋。这可是一场体面的演出。"女人中有人咯咯偷笑。几个非专业人士溜达到灯光区外。两个舞台助理把一卷地毯搬上舞台，一边说，"小心背后。"于是每个人都愈加自觉裸露无遗。一个戴丛林帽穿白衬衫的男人在乐池里安置了一台录音机。他上磁带时一脸鄙夷。这是一幕交媾戏。

"我要'交媾好时光'，杰克。"贾斯敏对他说。"让他们先听听。"四只大喇叭，让人无处逃遁。

> 哦人人都在听闻性事的隐秘，
> 让我来告诉你这事情的实际。
> 就在这国度四方，
> 现在是抽插一二三交媾好时光。

飞扬的小提琴和军乐队响起，合唱过后，长号、军鼓和钟琴交织成欢快的两轮进行曲。贾斯敏沿着甬道走向舞台。

"这就是你们的性交音乐，姑娘小伙子们。"他解开衬衫顶上那粒纽扣。曲子是他亲手写的。

"黛儿在哪儿？我要黛儿。"黑暗中走出编舞师。她身穿一件时髦的风衣，中间束着一条阔皮带。细腰、墨镜、小甜面包状盘发，走起路来活像一把剪刀。贾斯敏没转身就叫住正从观众席后门往外走的家伙。

"我要那些假发，哈里亲爱的。我要那些假发。没有假发，就没有哈里。"贾斯敏在第一排坐下。他架起腿，两手合尖顶在鼻子底下。黛儿爬上舞台。她立于横铺在舞台上的大地毯中央，一手扶腰。她说："我要姑娘们蹲成 V 形，一边五个。"自己站在队列顶端的位置，挥动双臂。她们在她脚边坐下，而她就在大家中间穿来剪去，带过一丝麝香味。她搭了个比较深的 V，又调浅，然后变换成马蹄形和月牙状，再重新变回浅 V。

"好极了，黛儿。"贾斯敏说。V 形指向后台。黛儿从中间挪出一个女孩，用靠边的另一个顶替她的位置。她不言语，只是用肘点卯，领着她们从这儿到那儿。她们无法透过墨镜看到她的眼神，因此并非总能明白她的意思。她指挥男人们逐一走到每个女人前面，压压他的肩膀让他面对面坐下。她把每对男女的腿调适好，让他们挺直腰背，又将他们的头摆对位置，让每一对的小臂相互扣紧。贾斯

89

敏点燃一支烟。十对男女在地毯上搭成 V 形，地毯实际上是休息室的。

最后黛儿说："现在我拍手，你们就跟着前后摇动。"

于是他们摇摆起来，像小朋友在玩划船。导演走到观众席后面。

"我想要再靠近一点，亲爱的，从这儿看根本不像那么回事儿。"黛儿把一对对男女推得更近一些。再动起来的时候他们的阴毛都互相擦着了。动作很难合拍。这是一件需要下功夫练习的活儿。有一对侧翻在地，姑娘的头砸在地板上。她揉着头，黛儿过去，也帮她揉，然后重新把他们排妥。贾斯敏飞快地走下甬道。

"我们配上音乐试试，杰克。注意了。记住，姑娘小伙子们，唱完以后你们二次跟进。"

　　　哦人人都听闻性事的隐秘

　　　……

随着黛儿拍手，姑娘和小伙子们开始摇动。一，二，

三,四。贾斯敏站在甬道中,抱着手。他松开手,高声喊道:

"停。够了。"四下霎时肃静。一对对男女瞪着灯光之外的黑暗,等待着。贾斯敏缓缓走下台阶,待到踏上舞台,他温和地说:

"我知道这很难,可是你们得看上去很享受这桩事情。"(他提高嗓门。)"的确有人享受,你们知道。你们要明白,这是性交,不是葬礼。"(他的声音低下去。)"我们再来一次,这次带点热情。杰克,放音乐。"黛儿把那些摇出界的配对重新排整齐,而导演又爬上台阶。好多了,毫无疑问这次好多了。黛儿站在贾斯敏身边观看。他把手搭在她的肩头,冲她的眼镜笑了笑:

"亲爱的,很好,会很好的。"

黛儿说:"最末那两个摇得好。如果他们都能摇成那样,那这儿就没我事了。"

现在是抽插一二三交媾好时光。

黛儿击掌,帮他们跟上新的节奏。贾斯敏在第一排坐下点燃一支烟。他扭头对黛儿叫道：

"最末的那对……"她把手指贴在耳边示意她听不清，一边顺着台阶朝他走去。

"最末那对，他们摇得太快了，你觉得呢？"他们一起观看。确实，一直摇得很好的那两个，他们有点脱节了。贾斯敏两手又在鼻子底下合成尖顶，黛儿脚步轻剪踏上舞台，站到那两个人身边击掌。

"一二，一二。"她叫道。他们似乎没听见黛儿，还有那些长号、军鼓和钟琴。

"见鬼，一二。"黛儿咆哮。她无助地望着贾斯敏。"我希望他们能有点节奏感啊。"

可贾斯敏没理会，因为他也在咆哮。

"打住！停！把那玩意儿关掉，杰克。"所有男女戛然而止，除了最末的那对。大家都望着他俩，此时他们摇动得更快了，自有一种婀娜的韵律。

"我的天，"贾斯敏说，"他们操上了。"他朝舞台助理吼道："把他们分开，你们愣着干吗？别咧着嘴傻笑，不然以后就别想在伦敦混。"他又向其他男女吼，"解散，过半个小时再回来。不，不，待在这儿。"他转过身对着黛儿，嗓音嘶哑："对此我深感抱歉，亲爱的。我理解你的感受。这是下流的，令人恶心，这都是我的错。我该一个一个先检查的。决不会再发生这种事了。"在他的絮叨声中，黛儿已经翩然剪过甬道，消失了。与此同时，那对男女继续摇动着，没有音乐伴奏，只有地毯下木板的咯吱咯吱和女人低声的呻吟。舞台助理站在一旁，不知道如何下手。

"拉开他们。"贾斯敏又叫道。一个舞台助理拉扯男人的肩膀，可是他们浑身是汗，哪儿都抓不稳。贾斯敏转过身去，眼里噙着泪水。真是难以置信。其他人则乐得休息，他们站成一圈围观。那个刚刚拽过男人肩膀的舞台助理拎上来一桶水。贾斯敏攥着鼻子。

"别多此一举了，"他哑着嗓子咕哝道，"他们现在可能都搞完了。"说话间那两个人结束了摇摆，彼此挣开，那姑娘跑去了更衣室，剩下那男的独自一人站着。贾斯敏爬上舞台，气得直哆嗦，挖苦道：

"好，好，波特诺伊，捅过一回了？感觉爽了？"那人背手而立，黏湿的鸡巴怒挺着，然后微微抽搐着自动缩回去了。

"是的，谢谢克利菲先生。"那人说。

"你叫什么名字，亲爱的？"

"柯克尔。"杰克喷出了一声鼻息，那是他迄今最接近笑容的样子了。其他人咂了咂嘴。贾斯敏则深深吸了一口气。

"好了，柯克尔，你和你吊着的老二可以滚出这舞台了，带上那个欠操的小妞。但愿你能找到容得下两个人的槽。"

"我们一定会的，克利菲先生，谢谢你。"贾斯敏又重新爬回观众席。

"就位，你们剩下的。"他说。他坐了下来。许多时候他简直要哭，真的哭泣。不过他没有，他点燃了一支烟。

蝴蝶

星期四我平生第一次见到尸体。今天是星期天，无所事事。天气很热，没想到英格兰也能这么热。临近中午，我决定出去走走。我站在屋外，迟疑，一时拿不准该往左还是往右。查理伏在街对面一辆汽车底下。他肯定是看见我的腿了，只听他叫道：

　　"喂，怎么样？"这类问话总是让人无从回答。我愣了几秒钟，支吾道：

　　"你好吗，查理？"他爬了出来。阳光从我站的街这边径直射入他的双眼。他伸手搭住眼眉，说道：

　　"你这会儿是要去哪儿呢？"我再一次被问住了。适逢星期天，无所事事，天又太热……

　　"出去，"我说，"走走……"。我走过去打量着汽车引擎，尽管对此我一窍不通。查理是个对机械很在行的老家伙。他帮街坊们和他们的朋友修车。他从车边兜过来，两只手拎着一套沉重的工具。

"这么说，她死了？"他站在那儿用一块废布擦着一把扳手。自然，他早就知道了，只不过想听听我的说法。

"是啊，"我对他说，"她是死了。"他在等我继续说下去。我斜靠在车的一侧。车顶烫得摸不上手。查理还在提我，

"你最后见到她在……"

"在桥上，我看见她沿着运河跑。"

"那你看到她……"

"我没看见她掉下去。"查理把扳手收进工具箱。他正准备爬回汽车底下，并以这种方式宣告谈话结束。我仍然在踌躇该走哪条路。在消失之前查理说道，

"作孽，真是作孽。"

我朝左边走去，因为我恰好面朝那边。我走过几条由女贞树篱和滚烫的泊车分割成的街道。每条街上都闻到同一股煮午饭的味道，敞开的窗户里传出同一套电台节目的声音。我碰见几条猫狗，却很少看到人，就算有也都隔着一段距离。我脱下外衣搭在胳膊上。能依树临水当然最

好，可伦敦的这一区没有公园，只有泊车位。倒是有一条运河，褐色的河水在工厂之间穿梭，流经一处废品站，小简就淹死在里面。我走到公共图书馆，尽管一早知道今天它不开门，我还是喜欢坐在门外的台阶上。现在我就在这儿坐着，坐在一块不断萎缩的阴影里。一阵热风吹进街道，卷起我脚边的杂物。我看见路中央吹起一张报纸，是《每日镜报》的某一页，头条标题露出一部分"……的人……"。四下无人。街角传来的冰激凌车的叮当声让我意识到自己渴了。铃铛奏出莫扎特钢琴奏鸣曲中的一段，在旋律当中戛然而止，好像铃铛被人踹了一脚。我快步走过去，可是当我走到街角时它已经不在了。不一会儿又传来它的声音，听上去分明已走出了很远。

往回走的路上我一个人也没碰见。查理已经进屋，他刚才修理的那辆车也不见了。我从厨房水龙头里接了点水喝，不知从哪儿读到过，伦敦的水龙头里放出来的一杯水相当于已经被五个人喝过了。水里有一股金属味，这使我想起他们停放小女孩的不锈钢台，她的尸体。他们可能就是用自来水来清洗太平间的台面。晚上七点我要去见女孩的父母，不是我想见，这是警官的主意，帮我做笔录的那

99

个。我本该强硬一点，可他在我身边转悠，让我害怕。他跟我说话的时候用手抓住我的肘部，这大概是他们从警校里学来的伎俩，用以获得所需的权威。我正准备离开那幢大楼时他叫住了我，把我押到一个角落。我没法挣脱，除非与他搏斗。他声音低哑，话不失礼却语锋迫人：

"你是女孩死前最后一个见到她的人……"他把死字拖得很长。"她的父母，嗯，当然想要见见你。"他握住我的时候就有那种权威，话中夹杂的暗示让我害怕，不管他其实是在暗示些什么。他那双握住我的手又紧了紧："所以我跟他们说你会来的。你和他们差不多算是隔壁邻居对吧？"我看向别处，点了点头。他笑了，事情就这么定了下来。尽管如此，这也算是件事，一次见面，好歹让这一天有点意义。下午晚些时候我决定洗个澡，打扮一番。大把时间有待消磨。我翻出一瓶从没打开过的古龙水和一件干净的衬衫。放洗澡水的时候我脱掉衣服，凝视着镜子里面自己的身体。我是个长相可疑的人，我知道，因为我没有下巴。尽管说不出缘由，在警察局里甚至还没等我作陈述他们就开始怀疑我了。我告诉他们当时我站在桥上，我从桥上看见她沿着运河跑。那个警官说，

"哦，那倒是相当巧合，不是吗？我是说，她和你住在同一条街上。"我的下巴和我的脖子互为一体，它们不分彼此，滋生怀疑。我母亲也长成这样，直到我离家之后才发觉她形容怪异。去年她死了。女人不喜欢我的下巴，她们从不靠近我。我母亲也一样，她从未有过朋友，无论去哪儿都是一个人，哪怕是节日。每一年她前往利特尔汉普顿的时候，都是独自坐在甲板的椅子上，面朝大海。到生命的最后阶段，她尖瘦而乖戾，活像一条小灵犬。

在上星期四见到简的尸体以前，我从未曾对死有过什么特别的想法。有一回我见到过一条狗被碾死，车轮从它头颈上轧过，眼珠迸裂。可我无动于衷。我母亲死的时候我躲得远远的，多半出于冷漠，也因为厌恶我的那些亲戚们。对她死去的样子我也没有好奇心。我想我自己的死将会和她一样，苍老而瘦削地躺在花簇中。那时我并没有看见尸体。尸体把生和死摆在了一起。他们带我走下石阶来到一条走廊，我原以为太平间会是独立建筑，实际却在一幢七层高的办公大楼里。我们是在地下室，我能听到楼梯角传来打字机的声音。警官已经到了，还有另外两个穿制服的，他拉开弹簧门让我进去。我没料到她真的会在里面。现在我想不起来当时我以为会是什么，照片？也许，可能还会要签一些文件。我没有认真考虑过整件事。可她真的在里面。五张高高的不锈钢台排成一列，天花板上荡下的长长的链条上悬着带绿色铁皮罩的荧光灯。她在离门最近的那张台上，仰躺着，手掌朝上，双腿并拢，嘴张得很开，眼睛睁得很大，非常苍白，非常安静。她的头发还有一点潮。她红色的裙子看上去好像刚刚洗过。身体散发出淡淡的运河的气味。我猜要是你见惯尸体，比如那位警官，这场面并没有什么特别。她右眼上有一小块瘀伤。我忍不住想要摸摸她，但我意识到他们就在咫尺之外盯着我。穿白大褂的那个人像是在卖二手车似的轻巧地说，

"只有九岁。"无人搭腔。我们都看着她的脸。警官手里拿着一些文件转到我站的台子这边。

"好了吗？"他说。我们由那条长长的走廊往回走。上楼后我签了一些笔录，表明当时我正横过铁道线的人行天桥，看见一个小女孩——经辨认即楼下那位，在运河边的纤道上奔跑。我没怎么在意。可不一会儿，我看到水面有一团红色的东西沉下去不见了。由于我不会游泳，于是叫来了一位警察，他朝河面端详良久，说什么也没有。我留

102

下姓名和地址然后就回家了。一个半小时以后他们用绳索把她从河底拉了上来。我一共签了三份。完事后我久久没有离开那幢大楼。在其中的一条走廊里，我找了张塑料椅子坐下。在我对面，透过一扇敞开的大门，可以看见两个姑娘正在办公室里打字。她们见我在朝她们看，互相嘀咕了几句，笑了。其中一个走出来，笑着问我是不是被约见的。我跟她说我只是坐坐，想点事。那女孩回到办公室，靠过身去告诉她的朋友。她们不自然地扫了我一眼。她们怀疑我什么，和其他人一样。我倒并没有认真回想楼下死去的女孩。她的影子在我脑海里有些迷乱，活着的和死去的，我努力不去理会她们。我坐在那里一下午只是觉得自己哪儿都不想去。那个姑娘关上办公室的门。后来我走是因为所有人都回家了，他们得锁门。我是最后一个离开那幢楼的人。

我花了很长时间才穿戴好。我先把黑色西服烫了一遍，黑色在我看来恰如其分的，然后我挑了一条蓝色的领带，因为我不想黑得过头。可就在差不多要出门的时候，我忽然改变了主意。我回到楼上把西服、衬衫和领带全都脱了下来，我突然对自己的一番精心准备感到厌恶。为什么我那么渴望获得他们的认可？我又换上了刚才穿过的那套旧裤子和运动衫。我后悔洗了澡，只好拼命地把脖子后面的古龙水洗掉。可是还留着另一种味道，那是我洗澡时用的香皂的气味。星期四我用的就是同一块香皂，那个小女孩对我说的第一句话便是，

"你身上有股花香。"我出门恰巧走过她家的小院子。我没理她。我尽量避免和小孩说话，因为面对他们很难拿准腔调，还有他们的直截了当也令我困扰，让我无所适从。这个孩子以前我见过很多次，通常自己一个人在街上玩，或者看查理干活。她从院子里走出来跟着我。

"你去哪儿？"她说。我还是没理她，最好她快点失去耐性。况且我也没想清楚要到哪儿去。她又问我："你要去哪儿？"

我停了一下，说："不关你的事。"她跟在我的身后，我正好看不到她。我感觉她在模仿我走路，不过并没有转过身去看。

"你是去屈臣氏店吗？"

"对，我是去屈臣氏。"

她走上前和我并排。"可是今天它关门，"她说，"今

天星期三。"我没答话。当我们走到街尾拐角的时候，她说，

"你到底要到哪里去？"我头一回如此近距离看她。她细长的脸，眼睛大而哀怨，细密的棕色头发用红色的橡皮筋扎成一束，和红色的棉布裙子相衬。她有一种诡异的美丽，近乎不祥的意味，像莫迪利阿尼画中的人物。我说，

"我不知道，我只是出去走走。"

"我也要去。"我没说话，于是我们一起朝商场方向走去。

她也一声不吭，落在我后面一点点，好像是随时等我通知她向后转。她手里玩一种这一带孩子都会的游戏。几根弦两头各拴着一个硬球，用手操动，硬球相互弹击，就能发出咔嗒咔嗒的声音，有点像足球啦啦队手里的小摇旗。我觉得她这么做是在有意取悦我。这样赶她走就变得更加困难。加上我已经好几天没和任何人说过话了。

当我重新换好衣服下楼的时候已是六点一刻。简的父母也住在街这边，与我相距十二栋房子。鉴于我提前四十五分钟准备完毕，我决定出去走走消磨些时间。天色昏暗。我站在门口思忖着最佳线路。查理在街对面修理另一辆汽车。他看见我了，于是我不自觉地朝他走过去。他

抬起头，但没有笑。

"这时候你要去哪儿？"他说话的口气好像我是个孩子。

"透透气，"我说，"呼吸一下傍晚的空气。"查理喜欢打听街坊的八卦。他认识这一带每一个人，包括所有小孩。我经常看到那个小女孩和他在一起。最后一次是在给他递扳手。由于某种原因，查理因为她的死而迁怒于我，他一整天都在琢磨这个事。他想从我这儿打听详情，却又不好直接问我，

"去见她父母，嗯？七点钟？"

"对，七点钟。"他还想听我继续说。我绕着车转。福特黄道带，粗笨老旧，锈迹斑驳，和这条街相得益彰。这是街尾开小店的巴基斯坦人家的。天知道为什么，他们的店取名屈臣氏。他们的两个儿子是被街边的古惑仔揍大的。他们正在攒钱准备回白沙瓦。有一次我去他店里的时候，男主人这么告诉我，他正准备携家回故里是因为伦敦的暴力和鬼天气。查理隔着屈臣氏先生的车对我说，

"她是他们的独生女。"他像是在控诉我。

"是啊，我知道。"我说。"真作孽。"我们绕着车转。查理接着说，

"报上登了。你看了吗？说是你见到她沉下去的。"

"确实这样。"

"那你抓不住她吗？"

"不行，她沉下去了。"我绕着车慢慢越转越开，而后顺势溜走。我知道查理的眼睛一直在盯着我的背影，不过我没有回头去迎合他的怀疑。

到街尾我假装抬头看飞机朝背后瞟了一眼。查理站在车边，双手叉腰，还在注视着我。他脚边蹲着一头黑白相间的大猫。我一瞟而过后便拐入街角。六点半。我决定到图书馆去混掉剩下这点时光。这和我先前走的那条路一模一样，不过街上游荡的人多了。我走过在街边踢足球的一帮西印度孩子。他们的球朝我滚过来，被我抬脚跨过。其中一个小一点的男孩出来捡球，其他人则站在原地等着。当我和他们擦身而过的时候，所有人都默默地盯着我。我刚一走过，有个家伙沿着路面扔来一块小石头想打我的脚。我没有转身，甚至根本没看一眼，就干净利落地用脚把石头踩住。我的动作如此漂亮纯属巧合。他们一齐爆发出笑声，并鼓掌喝彩，刹那间的飘飘然几乎让我以为转过身就能和他们一起玩。球又回到他们中间，比赛重新开始。短暂的片刻就这样过去，我继续朝前走。我的心跳由于刚才的兴奋而加快，甚至到了图书馆坐在台阶上以后，我还能感觉到太阳穴上脉搏的颤动。对我而言这样的机会十分罕见。我不太见人，实际上我只跟查理和屈臣氏先生说话。我和查理说话是因为我一出门他总在对面，永远都首先开口，只要我想离家就避不开他。而与屈臣氏先生我则是说得少听得多，我听是因为我得到他店里买日用品。星期三能有一个人和我一起散步也是一种机会，哪怕是个闲极无聊的小女孩。尽管如此，在那一刻我并没有承认这一点，她对我天真的好奇使我感到满足，她吸引了我，我想要她成为我的朋友。

不过一开始我很不自然。她走在我后面一点，手里拨弄着玩具，我敢肯定，还在我背后指手画脚，搞小孩的把戏。后来我们上了商业街，她就走到我身边。

"你怎么不上班？"她说，"我爸爸除了星期天每天都要去上班。"

"我用不着上班。"

"那你已经有很多钱了吗？"我点点头。"真的很多吗？"

"是啊。"

"那你能给我买点东西吗，如果你愿意的话？"

"如果我愿意的话。"她指着一间玩具店的橱窗。

"买一件，求你啦，去嘛，随便一件，去嘛。"她吊在我的胳膊上摇来晃去，做出贪心的模样，想把我推入那间店。甚至从我孩提时算起，都从来没有人如此主动地触摸我这么长时间。我只觉得胃里一阵寒战，脚下不稳。我口袋里还有点钱，我实在找不出有什么理由不给她买点东西。我让她在门外等着，自己进店买了她想要的一个粉红色的光身小洋娃娃，那是用一整块塑胶注塑而成的。可是她一拿到手就好像对它失去了兴趣。沿着这条街又走了一段，她要我给她买冰激凌。她在一家店门口站着不动等我买。这一次她没有碰我。我有些犹疑，不知该如何把握。可是此时我已经对她，以及她正在我身上产生的效力欲罢不能。我给了她足够的钱，让她进去给我们俩买冰激凌。她显然对礼物习以为常。我们走远一点后，我用最友善的语气问她，

"别人买东西给你你从不说谢谢的吗？"她轻蔑地望着我，薄而暗淡的嘴唇上涂着一圈冰激凌，

"不。"

我问她叫什么名字，想让谈话的气氛变得友好些。

"简。"

"我给你买的洋娃娃呢，简？"她朝手里看了看。

"我把它放在甜品店了。"

"你不想要了吗？"

"我忘了。"我刚想开口叫她跑回去拿，可就在这时我才发现自己是多么不愿意让她离开，而我们距运河已经那么近了。

运河是这附近唯一的一条蜿蜒水道。走在水边总能给人不同感受，哪怕是工厂区背后这条又黑又臭的水道。俯瞰运河的工厂大部分已经废弃，没有窗户。你沿着纤道可以走上一英里半，通常一个人也碰不到。途中会经过一处年头久远的废品站。直到两年多前，都一直有位沉默寡言的老人守着这堆垃圾，他住在一间铁皮小屋里，屋外的木杆上拴着他养的一条硕大的德国牧羊犬。那狗已经老得叫不动了。后来铁皮屋、老人和狗一齐消失了，废品站的大门也随之封闭。久而久之，周围的篱笆全都被当地的孩子糟蹋殆尽，如今只剩下大门还没倒。废品站是这一英里半路上唯一的景致，其余路段全都紧挨着工厂后墙。可是我对运河情有独钟，和附近任何地方相比，这里靠近水边没那么逼仄。和我一起默默走了一会以后，简又问我：

"你要去哪儿？你要去哪儿走？"

"运河边。"

她想了片刻。"我不许到运河边去的。"

"怎么不行？"

"因为。"这时她略略走在我前面一点，嘴边的一圈白色已经干了。我的双腿发软，太阳的热力从路面蒸腾上来令我窒息。说服她和我一起走运河已经变成当务之需，这念头让我着魔，我扔掉手中没吃完的冰激凌，说，

"我差不多每天都在运河边走。"

"为什么？"

"那儿非常安静……什么都有。"

"有什么？"

"蝴蝶。"话一出口想收都收不回来。她转过身来，突然很感兴趣。蝴蝶不可能在运河边生存，臭气早把它们熏跑了。不用多久她就会发现。

"什么颜色的蝴蝶？"

"红的……黄的。"

"还有什么？"

我嗫嚅道："还有废品站。"她皱了皱眉头。我连忙说，"还有船，运河上还有船。"

"真的船？"

"是啊，当然是真的船。"这也不是我原本想说的。她停下脚步，我也跟着停下。她说，

"如果我去，你不会告诉别人吧？"

"不会，我不会跟任何人说的，不过在运河边你得一直靠紧我，懂吗？"她点点头。"把嘴巴上的冰激凌擦掉。"她用手背在脸上胡乱蹭了蹭。"过来，让我来。"我把她拉过来，左手扶着她的脖子。我舔湿了右手食指，就像过去我见过父母做的那样，沿着她的嘴唇擦拭。我从未碰过别人的嘴唇，我也无从经历这样的快感。它令人痛苦地从小腹一路涌到胸口，堵在心头，仿佛两肋被重拳猛击。我重新舔湿这根手指，指尖带着黏稠的甜味。我再次擦她的嘴唇，可这回被她推开了。

"你弄疼我了，"她说，"你按得太重了。"我们继续往前走，她开始紧挨着我。

要下到纤道上我们得先穿过运河上的一座小桥，桥是

黑色的，两边有高墙。走到桥中间，简踮起脚尖，想从墙头往外看。

"把我举起来，"她说，"我要看船。"

"这里看不到。"我还是用手揽住她的腰，把她举起来。她红色的短裙向身后翻起，我心口的涌堵再次袭来。她扭过头朝我叫道：

"河水很脏。"

"一直都这么脏，"我说，"这是条运河。"我们沿石阶向下走到纤道的时候，简靠我更紧了。我能感觉到她屏住呼吸。通常运河向北流，可今天它静若死水。空气中没有一丝风，连水面上一块块黄色的浮渣也纹丝不动。偶尔有一辆车从我们头顶的桥上开过，远处是伦敦城的车水马龙。除此之外运河周边非常安静。天气炎热，令运河今天的气味更加浓烈。浮渣散发出的不像是化学品的味道，却更似动物的体味。简嘟哝着，

"蝴蝶在哪儿呢？"

"它们不远了。我们要先钻过两座桥洞。"

"我要回去。我要回去。"此时我们离开石阶已有一百多码。我极力怂恿她向前走，而她却想停下来。可是她又

感到害怕，不敢离开我自己一个人跑回石阶。

"离这儿不远就能见到蝴蝶。红的，黄的，有时还有绿的。"我放任自己胡言，到此刻我已不在乎跟她怎么说了。她伸出手让我牵着。

"那船呢？"

"还要远一点。你会看见的。"我们继续往前走，我脑子里只想着如何把她留住。运河途经工厂、马路或铁道线时会由隧道穿过。我们经过的第一处隧道是一座三层结构的建筑，将运河两边的工厂相连。那里和眼下所有工厂一样空荡荡的，目光可及处窗户都已被打烂。走到隧道入口，简想把我往回拉。

"那是什么声音？我们别进去了。"隧道顶的凝聚水滴到运河里，空洞而怪异地回荡。

"那不过是滴水声。"我说，"瞧，你能一直看到对面洞口。"隧道里面的通道很窄，我只好让她走在我前面，一只手搭在她肩上，她在发抖。到出口处，她突然停下，用手一指。在阳光射进隧道口的地方，有一条砖缝中生出一朵花。看上去像是一种蒲公英，从一小撮草中冒出来。

"是款冬。"她一边叫着一边把它摘下来插在耳朵后面

114

的头发里。我说，

"我以前从来没在这里看到过花。"

"应该有花的，"她一本正经地说，"因为有蝴蝶。"

接下来的十几分钟里，我们默默地走着。简又问了我一次蝴蝶的事。她松开我的手，显得已经不那么害怕了。我想碰她，可是又想不出如何才能不吓着她。我想试着起个话头，脑子里却一片空白。小道开始向右展开变得宽阔。在工厂和货仓之间，运河下一道弯旁边的开阔地，就是那个废品站。我们前方的上空飘着黑色的烟，走到河湾处，我发现烟是从废品站冒起的。有一群男孩围立在一堆点燃的火边。他们像是一帮团伙，都穿同样的蓝上衣，剃平头。据我判断，他们正准备活烤一头猫。烟在他们头上凝固的空气中悬浮，在他们身后废品层层堆积像座山。他们把猫的脖子绑在过去拴狗的那根木杆上，猫的前肢和后腿也被捆在一起。他们用几块铁丝网做了个笼子架在火上。我们走过的时候其中一个家伙扯着猫脖子上的绳子把它往火里拽。我拉住简的手加快脚步。他们十分专注，默不作声，甚至都无暇抬头看我们一眼。简的眼睛一直盯着地面。透过她的手我能感觉到她整个身体都在颤抖。

"他们要把猫怎么样？"

"我不知道。"回头望去，黑烟已使我难以看清他们此时的举动。我们远远抛离他们以后，小路再次贴着工厂的墙垣边。简快要哭出来了，我紧紧握住她的手让她无法挣脱。其实这已经没有必要，因为没有哪里她敢一个人跑去的：沿原路回去要经过废品站，向前则正要走进另一个隧道。我不知道走完这段路将会如何，她会想要跑回家，而我只知道自己不能放她走。我发疯般地这么想。在第二个隧道的入口处简站住。

"根本就没有蝴蝶，是不是？"话音变成了哭腔。我只好跟她说可能是天气太热的缘故。可她根本不听，开始哭。

"你撒谎，根本就没有蝴蝶，你撒谎。"她有气无力，可怜巴巴地哭着，想把手从我手里抽出来。我跟她讲道理可她不听。我用力抓住她的手把她拉进隧道。这时她尖叫起来，刺耳的声音持续从隧道四壁反射回来，充斥我的大脑。我又拉又拽一直把她拖到隧道中央。突然间，她的尖叫被正从我们头顶开过的一列火车的轰隆声淹没，空气和大地一齐在颤抖。火车开了很久才通过。我抱住她的双肩，这回她没有挣扎，巨大的喧嚣声镇服了她。当最后一

116

声回响消逝殆尽，她含混地说：

"我要妈妈。"我拉开裤子拉链。我不知道在黑暗中她是否看得清伸向她的东西。

"摸摸它。"我轻轻地摇了摇她的肩膀。她没动，我又摇了摇她。

"摸摸它，快点。你听得懂我的话吗？"我要的其实十分简单。这一次我双手抓住她用力摇晃，叫道，

"摸它，快摸它。"她伸出手，手指草草地从我体尖拂过。可这已经足够，我弯下身，到了，我射在了自己的手掌里。就好像火车，它持续了很久，将一切都喷泄到我的手上。所有那些我独自消磨的时间，所有那些我一个人走过的路，所有那些我曾经有过的想法，全都喷泄在我的手上。过后的几分钟，我依然保持着这种姿势，弯着身手握在前面。我的头脑变得澄清，身体放松，心无一物。我伏在地上往下探，伸到运河里去洗手。冷水很难把那玩意儿给洗掉，它像浮渣一样粘在手指上。我只能一点一点地将它剥离。这时我才想起那女孩，她已经不在我身边了。我可不能让她现在跑回家，在发生了这一切以后。我得去追她。我站起来，隧道口透进的阳光显出她的剪影。她恍恍

惚惚沿着运河缓缓地走。因为看不清前面的路，我无法跑得太快，越是接近隧道口的阳光就越难看得清楚。简就快要走出隧道了，她听到身后响起我的脚步，回过头骇怕地尖叫一声。她也开始跑，脚步马上跌跌撞撞。从我身处的位置很难看清到底发生了什么，她的剪影一下子消逝在黑暗中。当我赶到的时候，她脸朝下躺在地上，左腿斜出路边几乎插进水里。她跌倒时撞着头了，右眼肿起。她的右臂向前伸展，差一点就能够着阳光了。我弯下身贴近她的脸听，她的呼吸深沉而均匀。她的眼睛紧闭，睫毛因为哭过还是湿的。我不再想碰她，那已经从我体内喷泄出去进入了运河。我掸掉了她脸上的泥土，又掸了掸她背后的红裙子。

"傻姑娘，"我说，"没有蝴蝶。"然后我轻轻把她抱起，尽可能轻以免弄醒她，悄悄地缓缓把她放入运河。

我通常坐在图书馆前的台阶上，而不是走进去看书。外面学到的更多。现在我就这样坐着，星期天的傍晚，听我的心跳慢下来回到平常节奏。一遍又一遍我重新推演所发生的事和我应有的作为。我看见石头擦着路面飞来，我看见自己干净利落地用脚把它踩住，根本都没有转身。那时本该转过身去，要慢，用淡淡一笑回敬他们的喝彩。然后我该把石头踢回去，最好是跨过石头，顺势向他们走去，那样，等球回来我就会和他们一起，变成其中一员。许多个傍晚我将和他们一起在街上玩，知道每个人的名字，他们也知道我。白天我可能在城里邂逅他们，他们会从对街叫我，走过来攀谈。比赛结束时有人走过来握住我的胳膊。

"那明天见……"

"好的，明天见。"等他们再长大一点我们就一块去喝酒，而我也将学会爱上啤酒。我站起身开始缓缓地沿原路往回走。我明白我将不会参加任何足球比赛。机会渺茫，就像蝴蝶。你一伸手，它们就飞走了。我走过他们刚才踢球的地方，如今空无一人，我用脚踩住的那块石头还躺在路中央。我把它捡起来，放进口袋，才继续往前走，去赴我的约会。

与橱中人的对话

你问我看见那女孩后做了什么。那好，我告诉你。看到那个橱子了吧，它快把房间占满了。我一路跑回来，爬进去，几下就完事了。别以为我边做边想着那女孩，我可受不了那样。我想从前，一路回溯到自己只有三英尺高时。这样会来得快些。我知道你会觉得我龌龊和变态。怎么说呢，事后我洗了手，这比有些人好。而且我感觉好点了。你明白我的意思吗？我放松了，在这样一间屋子里，还能怎样呢。你可能觉得没什么。我肯定你住在干净的房子里，有老婆洗床单，政府出钱让你去调查别人。好吧，我知道你是……那个什么来着……社会工作者，是来提供帮助的，可除了听你也帮不了我什么。我是改不了了，已经成型太久。不过谈谈也无妨，那我就跟你讲讲我自己。

　　我没见过我父亲，他在我出生前就死了。我想问题就出在这儿——是妈妈一个人把我带大的，再没有别人。我们住在司登思附近的一所大房子里。她精神有点问题，你知道，这是我问题的来由。她就想要孩子，可又不愿意考虑再婚，所以只有我一个；我必须充当她憧憬过的所有孩子。她努力阻止我长大，很长一段时间里她做到了。你知道吗，我到十八岁才学会正常说话。我没上过学，她让我待家里，因为学校是个野地方。她白天晚上都抱着我。我长到睡不下小摇床时，她不爽了，跑去一个医院拍卖会上买了张护栏床。这样的事情就是她能做出来的。我刚离家的时候还睡在那玩意上面。我没法在一张普通的床上睡觉，总觉得自己会掉下去，总也睡不着。我长到比她高两英寸时，她还想要在我脖子上系个围兜。她很神经。有次还找来锤子、钉子和几块木板，要做一把高凳让我坐在里面，那年我都十四岁了。你能想象，我一坐进去那玩意就散架了。可是老天！她那时喂我的那些玉米糊。我的胃病就是这么落下的。她不让我自己动手做任何事情，甚至不让我整得干净点。没她我简直动不了，她却以此为乐，那个婊子。

为什么我长大后没逃跑？你也许会想没什么拦得住

我。但是听着，我从没起过那念头。我不知道生活还有其他样子，我不知道自己与众不同。话说回来，我那时在街上走不出五十码，就会害怕得拉一裤子，又怎么逃跑呢？我又能去哪里？我连鞋带都不会自己系，别提打份工了。我现在听起来恨恨的是吧？但我告诉你一件滑稽的事情。我那时并没有不快乐，你知道。她真的不错。那时她常读故事给我听，我们经常用纸板做东西。我们自己动手用水果箱做了一个舞台，人是用纸和卡片做的。是的，在我发现别人如何看我之前，我没有不快乐过。我想我本来会一辈子都一再重复生命中的头两年，而且不会觉得不开心。她是一个好女人，真的，我的妈妈，只是搭错线。就是这样。

　　我怎么长成大人的？我告诉你，我从来没学会过。我得伪装。所有你感到自然而然的事情我却必须刻意去做。每时每刻我都在盘算，仿佛置身于舞台。现在我抱着手坐在这把椅子上，这样不错，但我更愿意躺在地板上自顾自地咿咿呀呀，而不是和你说话。我知道你会认为我是在讲笑话。我现在早晨还是得花很长时间才能穿好衣服，最近我都懒得穿了。你能看出我用刀叉时是多么笨拙。我情愿有人过来拍着我的背，用勺子喂我。你相信吗？你觉得恶心吗？哦，我觉得。这是我知道的最恶心的事。这就是为什么我会唾弃有关妈妈的记忆，就是她把我搞成了这个样子的。

我告诉你我是怎么学会伪装成年人的。我十七岁时我妈妈才三十八。她仍旧是个漂亮的女人，并且看上去要年轻得多。如果不是沉迷在我身上，她本该很容易就结婚了。但她太忙于把我推回她子宫里去，根本没时间考虑这码事。就如此一直到她遇上那个男人，然后一切都改变了，就那样。一夜之间，她就心思全变，以前被她完全抛在脑后的性事如今又赶上了她。她为那家伙疯狂，好像她疯得还不够似的。她想带他回家，但又怕他万一看到我，这个十七岁的老婴儿。因此我必须在两个月里完成一生的成长。她开始揍我，在我吐出食物或者发错语音时，甚至在我只是站在那里看她做什么情事时。她开始晚上出门，把我独自留在家中。这种高强度的训练真是把我撂倒了。十七年里一直罩着你的人，现在却处处和你针锋相对。我开始犯头痛病。然后就是那一次次抽风，特别是她准备好要出门的那些夜晚。我的腿和胳膊完全不听使唤，舌头也自作主张，像是长在别人身上。真是一场噩梦。一切都变得像地狱一样黑暗。醒来时，妈妈已经走了，我一身屎尿躺在黑屋子里。那些糟糕的日子。

后来抽风发作得没那么频繁了，因为有一天她把那男人带回了家。那时我算勉强能见人了。我妈妈推说我是智障，我想我也是。我记不太清那家伙了，只记得他很高大，倒梳一头油腻的长发。他总爱穿蓝西服。他在克拉彭开了一家修车行，因为他高大、成功，所以他见到我第一眼就讨厌我。你可以想象那时我是什么样子，我生出来以后几乎没出过门。我瘦弱，没有血色，比现在还要瘦还要弱。我也讨厌他，因为他夺走了妈妈。第一次妈妈把我介绍给他的时候，他只是点点头，此后从没跟我再说过一句话。他甚至都不正眼瞧我。他那么高大、强壮、自以为是，我猜他简直无法接受世上还有像我这样的人存在。

他经常来我们家，总是把妈妈带出去过夜。我则看电视，备感孤单。节目都结束以后，我总是坐在厨房里等妈妈，尽管十七岁了，我还是很爱哭。一天早上我下楼发现妈妈的男朋友穿着睡衣在吃早饭。我走进厨房时，他甚至连头都没抬一下。我转向妈妈，只见她在水槽边佯装忙碌。打那以后，他留宿越来越频繁，到后来每晚都睡在我们家里。一天下午他们穿戴齐整出门，回来的时候笑得满地打滚。他们肯定喝了很多。那晚妈妈告诉我他们结婚了，我得叫他爸爸。完了，我又一次发作，比哪次都惨烈。我没法说得清那次有多严重，虽然只是一两个小时的事，却像是持续了好些天。过后，我睁开眼，看到妈妈脸上的表情，是纯粹的厌恶。你决想不到一个人会在这么短时间变得这么快。我看到她那个样子，明白她已经和我爸爸一样，是个陌生人了。

在他们找到一个家来安置我之前，我和他们一起待了三个月。他们忙于关注对方，没空理我。他们很少跟我说话，我在屋里时，他们从不交谈。你知道，我很高兴能从那地方出来，尽管那是我的家。走的时候我虽然也哭了哭，但能离开他们我还是高兴的。我想他们也乐于最后一次见我。待在他们带我去的那个家并不坏。我其实不介意待在哪里。他们教我怎么更好地照顾自己，我甚至开始学习读书写字，虽然现在我都忘得差不多了。这不，我看不懂你给我的表格。真蠢。不管怎么说，我在那儿过得不赖。那里怪人很多，这让我更有自信。一周有三次他们会带我和其他几人坐巴士去一个作坊，我们去那儿学习修钟表。他们的想法是让我离开后能够自立，自谋生路。但这手艺还没让我赚过一分钱呢。你去找工作，他们会问你是哪儿学的。你告诉他们之后，他们却懒得再理你了。在那里最幸运的事情，是我遇到了史密斯先生。我知道这不算是个多么响亮的名字，他样子也很普通，你不会想到他有什么过人之处。但他的确不一般。他掌管那个家，就是他教我读书。我学得还不错。我走的时候刚刚读完《霍比特人》，我很喜欢。但一出来，我就没什么时间做这些事了。不过，老史密斯为了教我还是颇费心思的。他还教了我很多别的事情。刚到那里时，我口齿不清，我每次说话他都纠正我，我得照着他的口音重复念。而后他常说我需要更有风度。是呵，风度！他房间里有一台巨大的唱机，他会放唱片让我跳舞。一开始我觉得这傻透了。他跟我说忘记自己在哪里，身体放松，跟随音乐的感觉漂流。于是我在房间里跳来跳去，手舞足蹈，暗自希望不会有人从窗外看到我。后来我就喜欢上了。那和抽风差不多，你知道，只不过是愉快的抽风。我是说，我真的忘了自己，你可以想象。唱机停了，我站在那里淌着汗，喘着气，感觉有点癫。老史密斯倒不以为意。我一星期跳两次给他看，周一和周五。有时他弹钢琴，不放唱片。我不怎么喜欢，但没吱过一声，因为看他的脸，我知道他很陶醉。

他还教我画画。注意，不是一般的画。这么说吧，如果你想画棵树，你可能会先在下面画点棕色，再在顶上画团绿色。他说这完全错了。那儿有个大园子，一天早上他把我带到外面几棵古树边。我们站在其中一棵下面，那棵树好大。他说他想让我……怎么说来的……我得先感受这棵树，然后再创造它。很长时间以后我才明白他的意图。我先是按照自己的想法画，而后他向我说明他的意思。他说假设我想要画这棵橡树，我想到了什么呢？庞大、坚固、幽暗。他在纸上画了些黑色的粗线条。我这才开窍，开始循着自己的感觉来画。他要我画一幅自己的像，于是我画出来一些奇怪的黄黄白白的形状。接着画的是我的妈妈，我在纸上画满了一张张巨大的红色的嘴，那是她的唇膏，嘴里我涂上黑色，那是因为我恨她，虽然实际上没那么严重。离开那里以后，我再也没画过画。离开那里就没有地方来摆弄这些了。

如果我烦到人了，你就直说，我知道你得见很多人。

没有理由要你陪我。那么好吧。那个家有条规矩，就是你到二十一岁时必须离开。我记得他们给我做了个蛋糕，作为一种补偿，但我不喜欢蛋糕，把它给了别的孩子。他们给我写了介绍信，还有可以去见的人的姓名和地址。我不想去搞这些。我想靠自己。让别人照顾你一生那意味着太多，即便他们对你好。于是我来到伦敦。一开始我做到了，信心十足，你知道，我觉得我可能会喜欢伦敦。对一个一生中从未来过这里的人，它是崭新而激动人心的。我在莫斯威尔山租了个房间，开始找工作。我唯一能凑上前去的那类工作是举重、搬运和挖掘。但他们只瞧了我一眼，便跟我说算了吧。最后我在一所酒店里找到一份差事，清洗工。那是个很时髦的地方——我是说，客人待的那一块。深红的地毯、水晶吊灯，大堂角落里还有一支小乐队。第一天我就错走到酒店前面那块儿去了。厨房可没那么好。不，老天，那是一个肮脏的粪坑。他们肯定人手不够，因为我是唯一的清洗工。或者是他们看到我来了就不干了。不管什么原因，反正我得一个人全包，十二小时一天，四十五分钟午饭时间。

　　我本不介意一天工作多少小时，我很高兴生命里头一次自食其力。不，是那个大厨老惹我。是他付我薪水，但经常克扣。不用说钱直接进了他自己的腰包。他是个丑八怪。你没见过他那些疙瘩。一脸一头，两颊下面、耳朵周围、甚至耳垂上都是。饱鼓鼓的疙瘩和脓痂，红的黄的。我不明白他们为什么让他接近食物。当然他们在厨房里也不怎么讲究这些。如果他们拍得住蟑螂，一早下锅了。可那个厨子真的老惹我。他总是叫我稻草人，这成了大笑话。"嗨，稻草人！吓走几只鸟了？"他就是这么说话。可能没有女人愿意凑近那些脓包。他头上长满了脓包，因为他是个满脑子坏水的混蛋。总把口水淌到杂志上。他常常追逐那些来厨房做清洁的女人。她们都是丑婆子，没有六十岁以下的。大多数都又黑又丑。我现在还能想得出他那样子。嘎嘎淫笑，吐着唾沫，把手伸进她们裙子里。这些女人也不敢做声，因为他会把她们赶出去。就算你说起码他是个正常人，我也宁愿做我自己。

因为我不跟别人一起附和他说的笑话，脓包脸开始变得很下作。他变着法子给我找更多的事做，所有的脏活都归我。那些稻草人的笑话也令我越来越恶心。于是有一天，在他叫我把所有锅子刷上三遍时，我说："去你妈的，脓包脸。"这一下可刺到他了，从来没人敢当面这么叫他。当天他没理会我。但第二天一早，他一来就走过来对我说："去把大烤炉擦干净。"明白吗？那儿有个巨大的铸铁烤炉，每年才清理一次，我想。炉壁上结着一层厚厚的黑色渣垢。要想把它弄掉，你得拿上一碗水和一把刮刀钻进去。炉子里面的气味像死老鼠。我拿了一碗水和几个洗刷器爬了进去。你没法用鼻子出气，否则会吐出来。我在里面刚待了十分钟，炉门被关上了。脓包脸把我锁在了里面。我能听到他在铁壁外大笑。他把我关了五个小时，一直关到午餐过后。在又黑又臭的炉子里待了五个小时，完了他又让我洗盘子。你可以想象我有多么火滚。可为了保住工作，我也没话好说。

第二天早上，我正准备洗早餐的碟子，脓包脸又走过来说："我想我叫过你去清理烤炉的，稻草人。"于是我又一次拿着家伙爬到里面。我一进去门就被猛地关上了。我气疯了。尖叫着，冲着脓包脸骂遍所有我能想到的词。我捶打炉壁直到手生疼，但我什么都听不到，过了一会，我开始平静下来，试着让自己舒服点。我得动动双腿，免得受挤压。我在里面待了好像有六个小时，又听到脓包脸在外面大笑。然后里面开始变热。一开始我简直不敢相信，以为是自己的想象。脓包脸把烤炉开到了最低挡。很快里面就热得没法坐，我只好蹲着。我能感到炙烤的火热穿透我的鞋，烧到脸上，直冲鼻孔。汗水淋漓而下，每一口空气都灼痛喉咙。我没法捶打炉壁，因为烫得不能碰。我想尖叫却不敢吸气。我以为自己要死了，因为我知道脓包脸能把我生烤了。下午很晚的时候他把我放出来。我几乎不省人事，听到他说，"啊，稻草人，你一天都到哪去了？我要你清理炉子的。"说完他放声大笑，其他人附和，只是因为怕他。我叫了辆出租回家，上床。人都不成样了。第二天早上情况更糟：脚上起了水疱，背脊上也有，那儿一定是在炉壁上靠过；并且还呕吐。我打定主意，那就是我一定得回去上班，跟脓包脸算账，哪怕豁出性命。因为走路很痛苦，我又叫了辆出租。我想办法熬过一上午，到了午饭时间。脓包脸没搭理我。休息时他一个人坐在那儿看他的黄色杂志。就在刚才我点着了一口炸薯条锅下面的煤气。四品脱的锅，等油烧得滚烫，我端起来向脓包脸坐的地方走去。脚上的疱痛得让我直想叫。我的心怦怦直跳，因为我知道我要找脓包脸报仇了。我走到与他的椅子平行的地方。他抬头瞥了一眼，从我脸上的表情他立刻明白将要发生什么事情。但他来不及动弹，我把油径直倒在他膝头，我装作滑了一跤，这样即使有人看到也好说。脓包脸像头野兽般嚎叫。我没听过一个人能发出那样的声音。他的衣服看上去像是化掉了，我看见他的卵蛋变红胀大最后成了白色。油顺着他的两条腿往下流。在医生赶到给他打吗啡之前，他足足尖叫了二十五分钟。我后来知道脓包脸在医院里待了九个月，他们把衣服布屑一块块从他的肉里钳出来。这就是我如何解决脓包脸的。

那以后，我病得没法工作。房租我预付了，另外我还存了一点钱。那两个星期我每天蹒跚着从房间走去外科医生那里接受治疗。水疱好了之后，我开始另找活路。但此时我已经不那么踌躇满志了。伦敦对我来说变得越来越难以忍受。早晨起床是件很艰难的事，缩在被子里才好，这样更安全。一想到要面对蜂拥的人群，喧嚣的交通，无休止的排队等等，我就万分沮丧。我开始回想过去和妈妈在一起的日子。我希望自己能回到那时。以前被宠惯的生活，什么事都有人为我安顿好，温暖又安全。这听上去很傻，我知道，但我的确开始这么想，也许妈妈已经厌倦了她嫁的那个男人，如果我回去，我们还能继续以前的生活。哦，这想法在我脑子里萦绕了好些日子，令我难以自拔，别的什么都不想。我努力让自己相信她在等我，也许她正在请警察找我。我得回家，而她会把我揽进怀里，她会用勺喂我，我们会再一起搭一个纸板舞台。一天晚上我这么想着，就决定去找她。我还在等什么？我跑出门，沿街一路跑下去。我几乎要快乐地唱出来。我赶上了去司登思的火车，又从车站一路跑回家。一切就要好起来了。转到我家那条路时，我放慢了速度。家里楼下的灯亮着。我按了门铃。我的腿抖得那么厉害，不得不靠着墙。开门的人不是我妈妈，是一个女孩，一个非常漂亮的女孩，约摸十八岁。我一时不知该说什么。我想着该怎么说，傻傻地没吭声。这时她问我是谁。我说我过去住在这房子里，我在找妈妈。她说她和父母在这里已经住了两年。她回屋去看看有没有什么地址留下。她进去后，我呆呆地望着门厅。一切都变样了。那里现在是大书架和另外一种墙纸，还有一台我们从还未曾拥有的电话。这里的改变让我觉得很难过，有种被欺骗的感觉。女孩回来告诉我没有找到地址。我说了声晚安，便沿着门前的路往回走。我被遗弃了。这房子真是我自己的，我真想那女孩请我进去，走进温暖。如果她用手揽住我的脖子，说："来和我们一起住吧，"那该多好。这听起来太愚蠢。但在走回车站的路上，我一直在这么想。

于是我只好又回来找工作。我想那是烤炉干的。我的意思是，是烤炉让我想到可以回司登思，仿佛什么都没发生过一样。关于那烤炉我想了很多。我做着被关进炉子的白日梦。这听起来十分荒唐，尤其在我对付了脓包脸之后。但这的确是真的，我抑制不住这么想。越想就越觉得我第二次进去清理炉子时，其实内心里盼着被关起来。我如此期盼却不自知，你明白我的意思吗？我想要受挫。我想要待在一个出不去的地方。这种想法藏在我心底。当我真的被关在烤炉里的时候，却太担心出不去，太生脓包脸的气了，而没能体验到内心的需要。事后它才从我心底浮现，就是这样。

我找工作的运气不好，钱又要花光了，就开始在商店里偷东西。你也许会认为这是在做蠢事，但其实容易得很。我又能做什么呢？我得吃饭。我每家偷一点点，通常是从超市里偷。穿上一件有大口袋的长外套，偷些冻肉和罐头之类的东西。我还得付房租，因此也开始拿些值钱一点的东西，到二手店里去卖。头一个月很顺当。我想要的都有了，如果我还想要什么，只需装进口袋就行了。但后来我从柜台里偷一块表时，被商场侦探逮个正着，我一定是太大意了。我拿的时候他并没有阻止我。他没有，他让我把它拿走，然后跟着我来到街上。我走到公共汽车站时，他扭住我的胳膊让我回商店去。他们叫来警察，我上了法庭。才知道他们已经注意我一段时间了，因此我得为若干商品失窃负责。由于我没有前科，他们让我两星期向监察官报告一次。算走运。我本来要关上六个月的。警官这么说。

监外缓刑并不能赐给我食物，替我付房租。监察官还算不错，我觉得，他尽了力。他的本子上有那么多号人，他不可能从星期一到星期四都记起我的名字。他试着帮我找的工作都需要能写会读，要不就得有搬运力气。话说回来，我并非真的想要再找份工作。我不想再见任何人，再被叫成稻草人。那么我还能怎样？我又开始偷。这次多加小心，决不在一个地方偷两次。可是你知道，没过一个星期我又被抓住了。我从一家百货商店里拿了把装饰小刀，因为我的上衣口袋老是用来塞东西，一定是被磨破了，我刚走出门，刀子从口袋里硬生生地掉到地板上。我还没来得及转身，就有三个人扑了上来。我又落在同一个法官手里，这次判了我三个月。

监狱是个有意思的地方。倒不是说能让你发笑。我原以为这里会有很多厉害的强盗，你知道，那种狠角色。其实没几个那样的。其他人都是些疯子，和我待过的那个家一样。这里一点都不坏，哪方面都比我想象的要好。我的小号和我在莫斯威尔山的房间没什么很大的不同。事实上监狱窗外的景色还要更好些，因为地势比较高。里面有一张床、一张桌子和一只小书架，还有水槽。你可以从杂志上剪图片贴到墙上，而这在莫斯威尔山的房间里是不允许的。我也不用被锁在号子里，除了每天的那几个小时以外。我们可以四处走动串房，不过限于同一楼面。有一扇大铁门拦着不许你上下楼梯。

监狱里有几种怪人。有一个家伙常在吃饭的时候爬上椅子，暴露下体。第一次我真是被吓了一跳，可是大家都继续吃饭聊天，所以我也没动声色。不久以后我就视而不见了，尽管他乐此不疲。让人吃惊的是，这事你能适应得这么快。还有杰科。他在第二天早上走进我的小号，开始自我介绍。他说他是因为诈骗进来的，又告诉我他父亲是个驯马师，家道中落。他讲啊讲啊，告诉我一大箩事情我现在都忘了，然后走了。下一次他又来，重新自我介绍一遍，似乎他从没见过我。这次他说他是因为多次强奸坐牢的，他永远无法满足自己的性欲。我想他是盯上我了，因为我还在相信他第一次讲的故事。但他绝对一本正经。每次见到我他都变换不同的故事。他从来不记得我们上一次谈话或者他是谁。我想他不知道自己是谁，就像没了自己的身份。有人告诉我说杰科在一次持械抢劫中被砸坏了脑袋。我不知道是真是假。你永远不知道该相信什么。

别误会。他们并非全都这样。也有些好人，其中最好的一个叫聋子。没有人知道他的真名，聋子也没法告诉别人，因为他又聋又哑。我想他差不多一辈子都待在里面。他的号子是整个监狱里最舒适的一间，他是唯一被允许自己烹茶的人。我常到他的小号里坐。当然，没有交谈。我们只是坐着，偶尔互对一笑，没别的。他会烹茶——那是我尝过最好喝的茶。有时下午我会在他的扶手椅上打盹，而他在一边看他的战争漫画，他在墙角存了一堆这样的

140

书。我一有心事就去找他诉说。他一个字也听不明白，可他时而点头，时而微笑，时而忧伤，根据我的神情做出各种他认为必要的反应。我猜人喜欢这种参与感。大部分时间他都被其他狱友忽视。在看守那里他却很吃得开，他要什么他们都能给他弄来。有时我们甚至还有巧克力蛋糕当茶点。他能读会写，所以并不比我差多少。

那三个月是我离家以来最美好的时光。我把小号收拾得很舒服，生活十分有规律。除了聋子我不大和别人说话。我不想，我希望过着一种不复杂的生活。你可能会想我说的被关在炉子里和关在号子里是同一回事。不，这不是受挫后的那种痛并快乐，而是一种安全感带来的深层愉悦。事实上我现在还记得我希望有时不要那么多自由。我很享受一天中关在号子里的那几个小时。如果他们让我们整天都待在里面，我想我也毫无怨言，只是见不到聋子了。我不用计划。每天都和前一天一样。我无须担忧三餐和房租。时间为我停滞，像是浮在湖面。我开始担心要出去。我去见狱长助理，问他是否可以留下。但他说关一个人一星期要花十六镑，况且还有很多人在等着进来。他们容不下所有人。

然后我不得已出来了。他们帮我在工厂里找了个活。我搬进了这间阁楼，从那以后就一直住在这里。在工厂里我要把山莓罐头从传送带上取下来。我不介意做这个，因为噪音大，无须和任何人说话。现在我有点怪。我自己看来没什么奇怪的，我知道事情会变成这样。自从经历过烤炉后，我就想要被包纳起来，我想要变小。我不要这样的噪音和周围所有这些人。我想要摆脱这一切，在黑暗里。你看到那边的衣橱吗，占了大半个房间的？你看里面，没有挂一件衣物，全是靠垫和毯子。我进去，锁上门，在黑暗中一坐几小时。这在你听来一定很愚蠢。我觉得里面不错，我不会感到无聊什么的，就这么坐着。有时我希望衣橱自己会站起来走来走去，忘记还有个我在里面。起初我只是偶尔进去，而后越来越频繁，最后我开始整夜待在里面。早晨我也不想从里面出来，因此上班总是迟到。后来我就彻底不去上班了。这样有三个月了。我讨厌去外面，我情愿待在橱柜里。

　　我不想要自由。这就是为什么我会嫉妒那些我在街上看到的被妈妈裹着抱着的婴儿。我想成为其中一员。为什么那不是我？为什么我得四处奔波，上班，做饭，做凡此种种不得不做的事情才能活下去？我想爬进婴儿车。这很傻，我有六英尺高。但身高不能改变我的感受。有一天我从一辆婴儿车里偷了块毯子。鬼使神差，我大概是想和他们的世界建立某种联系，来感觉自己并非完全与之隔绝。我感到被排除在外。我不需要性之类的东西。如果我看到一个漂亮女孩，比如我刚才跟你说到的那个，体内会一下子兴奋起来，然后我跑回这里，自己弄出来，就像我告诉你的那样。像我这样的人不多。我把那块偷来的毯子收在橱里。我想在里面摞上一打这样的毯子。

我现在不怎么出门。我已经有两星期没离开阁楼了。上次我买了一些罐头食品，尽管我从来没觉得很饿过。大多数时间我坐在橱里回想司登思的旧时光，希望昨日再来。有时夜里下雨，雨点打在屋顶上，我醒过来。我想起那个如今住在我家里的女孩，我听见风声，还有车辆驶过。我希望重回一岁。但那不会发生。我知道，不会的。

最初的爱情，最后的仪式

从夏日伊始，我们把轻薄的床垫抬到厚重的橡木桌子上，在宽敞的窗户前做爱，直至此举终显无谓。总有微风吹进房间带来四层楼下码头的气息。我不由自主地陷入幻想，造物的幻想，事后我们躺在巨大的桌面上，在那悠深的沉默里我微微听到它在又跑又抓。这是我头一回察觉，这声响让我不安，我想和西瑟尔说说才能放心。她没什么要说，她从不作抽象表述，也不评价环境，而是活在其中。我们望见海鸥在头顶上那方天空盘旋，或许它们一直都在高处看着我们，这才是我们的话题，对眼下稍作自娱的遐想。西瑟尔总是任由事情主宰自己，搅咖啡，做爱，听录音带，眺望窗外。她从不说诸如我很高兴，或是有点糊涂；我想做爱，或是不想；抑或我厌倦了家里的争吵，她永远不置可否，于是我只好独自忍受做爱时自己满脑子

147

类似罪恶感的杂念，又在事后独自倾听它在寂静中窸窸窣窣。直到有天下午，西瑟尔小睡醒来，从床垫上抬起头说："墙后面是什么声音在挠？"

我的朋友们远在伦敦，他们曾寄来痛心而深沉的信，他们还会干什么呢？他们算老几？他们这是干吗？他们和我一般大，十七八岁，可我假装不明白他们的意思。我寄回了明信片，告诉他们，我找到一张大桌子和一扇敞亮的窗。我很快乐，生活看起来很简单，我在做鳗鱼笼，找到人生目标真是太简单了。夏日绵绵，我没有再收到他们的来信。只有阿德里安来看我们，他是西瑟尔十岁的弟弟，他来是为了逃避破裂家庭的折磨：母亲反复无常的脾气；姐姐们没完没了的争弹钢琴；还有父亲偶尔难堪的到访。西瑟尔和阿德里安的父母在经历了二十七年婚姻并收获了六个孩子之后互相憎恶只能作罢，最终无法生活在同一屋檐下。父亲搬到几条街外的一家小旅馆，为的是离孩子们比较近。他是个业已赋闲的生意人，相貌好似格里高利·派克，乐天派，怀揣满腹有趣的挣钱计划。我以前常在酒吧里见到他。他不愿谈论本人的失业或是自己的婚姻，他也不介意我和她女儿同住在码头上面的屋子里，而

148

是跟我大讲他在朝鲜战争的岁月；他跑国际业务时的情形；还有他那曾经营私舞弊的朋友而今却高高在上封了爵；后来有一天说到了奥斯河里的鳗鱼，河床上如何有成群的鳗鱼浮游，如果捉活的拿去伦敦卖能挣多少钱。我告诉他我在银行里有八十英镑，于是第二天我们买来了网、细绳、铁丝圈、还有一个旧的储水槽用来装鳗鱼。我用了之后的两个月来做鳗鱼笼。

晴朗的日子里我拿着网、铁丝和细绳出去，坐在码头的缆桩上干活。鳗鱼笼呈圆柱形，一端封闭，另一端有长长的锥形入口。它埋伏在河床，鳗鱼游进去吃诱饵，以他们退化的视力是不可能再游出来的。友善的渔民们觉得很好玩。河里倒是有鳗鱼，他们说，你也能抓到几条，但你无法以此为生。潮汐很快就会把你的网冲走的。我们会用铁砣，我告诉他们，他们笑着耸耸肩，并向我示范了一种更好的方法把网绑定在铁圈上，他们也都认同我有权亲身尝试。当渔民们驾船而去，我却无心做活，我呆坐着看潮水一次次漫上沼泽地，鳗鱼笼不用着急，不过我确信我们会有钱的。

我想用鳗鱼计划打动西瑟尔，我告诉她有人借给我们整个夏天一条划艇，但她没什么要说。于是我们转而把床垫抬到桌子上，和衣躺下。这时她才开始说话。我们把手掌合在一起，她仔细检查了两只手的大小和形状，一边看一边评说，刚好一样大，你的手指厚一点，你在这儿多了一块。她用拇指尖量我的睫毛，希望她的也一样长，她跟我讲她小时候养过的狗，长着长长的白睫毛。她看着我被太阳暴晒过的鼻梁，又说到她兄弟姐妹中哪一个晒过之后变红，哪一个变黑，她最小的妹妹有次说过什么。我们慢慢脱去衣服。她蹬掉布鞋，说她的脚烂了。透过敞开的窗户能闻见淤泥、海草和尘埃，我合上眼睛听着，絮絮叨叨。她把自己这种自言自语叫做絮絮叨叨。而我一旦进入她的身体，就情难自禁，我进入了自己的幻想，我那迅速膨胀的知觉和我们能在西瑟尔肚子里孕育生命这一常识无法分隔。我并非想要成为父亲，我想的不是这个，而是卵子、精子、染色体、羽毛、鱼鳃、爪子，那生命孕育之际的种种化学反应，在离我体尖仅几英寸远的暗红色黏液上不可遏止地发展着。我的幻觉在于当直面生命的力量和亘古时，我是那么无以自持，单只是这念头就令高潮来得猝不及防。当我告诉西瑟尔时她笑了。哦，上帝。她说。在

150

我看来，西瑟尔就在这一过程中，她就是过程本身，她增添了幻想的魔力。西瑟尔本应服药的，可是每个月她至少忘记两三次。我们心有灵犀地采取射在体外的方法，但极少成功。当我们滑过长长的陡坡坠入高潮，在那拼尽全力的最后几秒，我努力挣扎着想脱身而出，却像鳗鱼一样被造物的幻想紧紧抓住，那些生命，在黑暗中饥渴地等待，我哺之以狂泻的白浆。在那些不经意的分秒刹那，我放任自己去哺育生命，管它是什么，管它在子宫内外，只和西瑟尔一人做爱，哺育更多生命，在那融化的瞬间，这成了我整个生命的意义。我细心留意西瑟尔的经期，女人的一切对于我都是新奇的，不能想当然。我们在西瑟尔轻松而汹涌的月经途中做爱，享受快感以及混合经血的褐色黏稠。这时我感觉我们就是那黏液上的生命，我们就在其中，被由窗户宣泄进来的云朵哺育，被潮湿泥滩上太阳蒸腾的气息哺育。我对自己的幻想感到惶恐，我知道没有它我将无法获得高潮。我问西瑟尔她会想些什么，她咯咯地笑。没有羽毛和鱼鳃，至少。那，你会想什么呢？没什么，真的没什么。我再追问，她又退归沉默。

　　我原以为是我自己幻想中的生命在窸窸窣窣，但自从那天下午西瑟尔也听到它并且开始不安，我意识到她的幻想也加入其中，这声音出自我们的交媾。当我们做完后安静地躺着，当我们空明澄净时，便听到它，极其悄然。那感觉像是一只小爪子在胡乱地挠着墙，声音是那么杳渺以至于要两个人才能听得见。我们都认为声音发自墙的某一角，可当我跪在地上把耳朵贴到踏脚板上的时候，它停了，我能感到它在墙的另一面，凝神屏息，在黑暗中等待。在随后的几个星期里，我们白天又听到过几次，夜晚也偶有发生。我打算问问阿德里安他觉得是什么。听，就是它，阿德里安，闭上一会儿嘴，你感觉那是什么声音，阿德里安？他不耐烦地竖起耳朵听，可他安静不了多一会儿。什么也没有，他叫道，没有，没有，没有。他忽而变得异常兴奋，跳到他姐姐背上狂呼怪叫。管它是什么，他可不想听到，他可不想被撇在一旁。我把他从西瑟尔的背上拉下来，我们顺势滚到床上。再听，我摁住他说，又来了。他用力挣脱开，作高低忽悠的警笛声，呼啸着跑出了房间。他的声音在楼下渐渐远去，到完全听不见他的时候我说，也许阿德里安真的害怕耗子。你是说，老鼠，他姐姐说道，把手伸进我两腿之间。

到了七月中旬，我们在屋里就不那么逍遥了，凌乱和不适与日俱增，看起来还不太可能和西瑟尔说。阿德里安这时每天都到我们这儿来，因为暑假到了他在家里根本待不住。我们听见他从四层楼下一路高叫一路跺脚，以他特有的方式不期而至。他聒噪地冲进来，炫耀他的手倒立，还动辄跳到西瑟尔背上想吸引我的注意，其实他心怀忐忑，生怕我们不把他当玩伴，要打发他走打发他回家。他也为不再弄得懂他姐姐而不安。曾几何时，她总是随时准备应战，她可是个打架的好手，我听他这么跟他的朋友吹嘘，并引以为豪。现在他姐姐完全变了个人，她没好气地推开他，她情愿一个人待着什么也不做，情愿听录音带。他的脚踩到她的裙子会惹得她很生气，她的胸脯已经长得很像他母亲，她跟他说话的语气也变得跟母亲一样。下来，阿德里安。好了，阿德里安，好了，现在不行，等会儿。他不愿意相信这是真的，姐姐只是心情不好，只是这一阵子，于是他满怀希望地不断挑衅，他多么渴望时光倒流到他父亲离家之前，一切都没有改变。他用小臂锁住西瑟尔的脖子，把她朝后拖到床上的时候，他的眼神落在我身上寻求鼓励，他以为真正的纽带在我们之间，两个男人对一个女孩。即使看不到鼓励他也毫不在意，他执拗地这么以为。西瑟尔从来不会赶阿德里安走，她明白他为什么在这儿，不过这对她来说并不容易。有一回历尽整个下午的折磨，西瑟尔几乎是哭着黯然离开房间。阿德里安转过脸来对着我，挑起眉毛作骇人状。我刚想和他谈谈，可他已经怪叫一声摆出一副和我搏斗的姿势。西瑟尔也不会在我面前说她弟弟，她从不评判人，因为她从不作评判。有时当我们听到阿德里安上楼，她会瞥我一眼，只有她微微噘起的漂亮嘴唇才会流露出掩饰不住的心思。

　　只有一个法子能让阿德里安放过我们。他见不得我们身体接触，这样会刺痛他，着实让他恶心。一看到我俩其中一个穿过房间向另一个走去，他就会无声地向我们恳求，跑到我们中间，假作顽皮，想哄我们玩别的游戏。最后实在没办法，他便抽疯似的模仿我俩，让我们看看自己的样子有多愚昧。最后他无力支持，夺门而去，在楼梯口用机关枪扫射德国鬼子和年轻的情侣。

　　只是眼下西瑟尔和我的身体接触越来越少了，无言之间我们都不太能提起劲头。并非我俩在走下坡路，并非我们不再两情相悦，而是机缘在萎缩。这恰恰就是因为房间本身。它不再是四层楼上的空中阁楼了，不再有微风吹进窗户，只有从码头周围水母死尸上蒸腾的潮热和成群结队的苍蝇：凶悍的海乌蝇专找我们的腋窝猛叮，家蝇则抱团在我们的食物上盘旋。我们的头发又长又油，挂下来挡着了眼睛。我们买的食物都化开，吃起来像河水。我们不再把床垫抬上桌子了，现在地板上最凉，而地板上沾满了腻腻的沙子，永远都除不尽。西瑟尔开始厌倦她的磁带，她脚上的溃烂从一只脚感染到另一只脚，并开始散发气味。房间很臭。我们没有说起要走，因为我们什么也没有说。每天夜里我们都被墙那边窸窸窣窣的声音弄醒，如今声音比以前响了，也更持久。我们做爱的时候它在墙边听。我们少了做爱，垃圾围绕着我们聚集：我们懒得去丢的牛奶瓶、淌着灰白色汁的奶酪、奶油纸皮、酸奶盒、烂熟的腊肠。这还不算，在这一片狼藉中，阿德里安推车，怪叫，扫射，偷袭西瑟尔。我本打算就我的幻想写一首关于生命的诗，可看起来是无计契入，我什么也没写，连首句也没有。我转而沿着河沟远行，一路纵深到诺福克腹地，看阴郁的甜菜地、电线杆和制服般灰色的天空。还要再做两个鳗鱼网，每天我都强迫自己坐下来干活。可是我内心已对其厌倦，我无法真的相信鳗鱼会钻进去，甚至我都怀疑自己是否这么期待，鳗鱼安静地藏身于河床底下阴凉的淤泥里其实会不会更好。不过我还是继续做，因为西瑟尔的父亲已经准备就绪，因为我得让所有我业已投入的时间和金钱有所回报，因为这主意已经有它脆弱的势头，我停不下来，正如我始终没能把牛奶瓶拿出房间。

这时西瑟尔找了份工作，这使我看清我们和别人没什么两样。他们都有自己的屋子、住所、工作、事业，这就是人们的生活，他们有间干净点的屋子，好点的工作，我们只是某个角落正在打拼的一对。那是河对岸其中一所没有窗户的工厂，生产罐装水果和蔬菜。每天十小时，她要坐在机器轰隆的传送带边，不能交谈，抢在罐装之前把腐烂的胡萝卜拣出来。第一天收工后西瑟尔穿着红白相间的尼龙雨衣和粉红色帽子回家。我说，你怎么不把它脱掉？西瑟尔耸了耸肩。对她而言都一样，坐在家里或是坐在工厂，在那里他们沿着钢架铺排的喇叭接播 BBC 一台，四百名妇女半听半怔，她们的手像上足马力的梭子上下翻飞。西瑟尔上班的第二天我搭渡轮过河在工厂门口等她。几名妇女由那面巨大的无窗墙面上开的一扇小铁皮门出入，而后咿呀的汽笛响彻整个工厂大厦。其他小门打开，人们纷纷涌出，簇拥到大门口，成群结队穿着红白相间的尼龙罩衣和粉红色帽子的妇女。我站在矮墙上想看到西瑟尔，忽然间这变得很重要。我感觉要是我不能从这股红色尼龙洪流中把她分辨出来，她就消失了，我们将一起消失，我们的时间就将一钱不值。人流在涌向工厂大门时移动得很快。有些人以妇女从小学来的八字步无望地半跑；另一些则尽可能地快走。后来我才发现她们急匆匆地回家是为了给家人煮晚饭，是为了早一点开始做家务。晚班的迟到者则想逆流冲出一条路来。我看不到西瑟尔，我觉得自己濒临崩溃，我大声叫她的名字，可是声音被人群肆意践踏。两个老一点的女人靠着墙驻足点烟，咧嘴冲我笑。啵你自个儿吧。我绕远路从桥上走回家，打算不告诉西瑟尔我去等过她，因为那样我就得解释自己的惊慌失措，可我不知道该怎么说。我进门的时候她在床上坐着，她还穿着尼龙罩衣，帽子搁在地板上。你干吗不把那玩意儿脱掉？我说。她说，是你在工厂外面？我点点头。你看见我站在那儿干吗不理我？西瑟尔转过身把脸埋进床里。她的罩衣被机油和泥巴玷污，散发出异味。我不知道，她捂着枕头

157

说，我一片空白。我下了班脑子里就一片空白。她的话好似被隔绝一般，我环顾四壁，陷入沉默。

两天后的星期六下午，我买了几磅浸透血像橡皮一样的牛肺作诱饵，他们称之为"轻料"。我们当即填好捕笼，趁落潮时划船到中游把它们沉到河床。七只捕笼每只都系着浮标。星期天凌晨四点西瑟尔的父亲就来叫我，我们乘着他的旅行车朝存放借来的小船的地方进发。现在我们要划船出去寻找浮标，拉起捕笼。检验的时刻到了，笼子里会不会有鳗鱼，多做点捕笼，多抓点鳗鱼，每周一次开车去比令思门鱼市会不会有利可图，我们会不会有钱？这是个阴郁多风的清晨，我感觉不到兴奋，有的只是疲惫以及持续的勃起。在旅行车空调的暖风下我半睡半醒。夜里许多时候我醒着听墙那边窸窸窣窣的动静。有一次我起身拿调羹敲了一下踢脚板。它停了一下，而后又继续挖。现在听起来很明显它是在向房间里挖一条通道。西瑟尔的父亲划船，我从船舷望出去寻找浮标。这并不像我原先想的那么容易，水面衬不出它们的白色，而只是显出一般幽暗的轮廓。我们花了二十分钟才找到第一个。当我们把它拉起来，我惊异于从渔具店买来的干净的白绳子这么快就变得与河边其他绳子一模一样，褐色、挂满了绿色的细丝水草。网看上去也旧得离奇，不敢相信是出自我俩之手。网里有两只螃蟹和一条大鳗鱼。他解开捕笼封死的那头，让两只螃蟹跌落水里，再把鳗鱼放进我们随身带来的塑料桶。我们在捕笼里填进新鲜的"轻料"，从船的一侧重新把它沉下去。我们又花了十五分钟找到第二只捕笼，但里面空无一物。我们在那段河面上上下下划了半小时，再也没找到其他捕笼，此时潮水开始上涨并盖过了浮标。这下轮到我接过船桨，划向岸边。

我们回到西瑟尔父亲住的小旅店，他做了早餐。我们都不愿谈及失踪的捕笼，自欺欺人地装出一副下次退潮就能找到它们的样子。可是我们心里明白它们已经不见了，被汹涌的潮水卷到上游或是下游，我也知道自己这辈子不会再做鳗鱼笼了。我还知道我的搭档将带着阿德里安作一次短暂的休假，他们下午就走。他们将参观军用机场，最好是以皇家战争博物馆作为旅行的终点。我们吃了鸡蛋、腌肉和蘑菇，还喝了咖啡。西瑟尔的父亲又告诉我一个主意，既简单可行又获利丰厚。虾在码头这一带根本不值钱，但在布鲁塞尔很贵。我们可以每个星期运两满车过去，谈笑间他轻松、友善、乐观，有一刻我真的觉得他这计划一定行。我喝完了最后一点咖啡。好了，我说，我想这需要考虑一下。我拎起装着鳗鱼的桶，至少这一条西瑟尔和我可以吃。我的搭档在和我握手告别的时候告诉我杀鳗鱼最稳妥的办法是先用盐把它埋起来。我祝他假日愉快，然后我们分了手，依然心照不宣地假装我们中的一个会在下次退潮时撑船出去搜寻鳗鱼笼。

在工厂上了一个星期的班，我本以为回到家时西瑟尔还没醒来，可她坐在床上，面色惨白，紧抱双腿，两眼紧盯着房屋一角。它在这儿。她说，它在地板上堆的那些书后面。我坐在床上脱下湿乎乎的鞋袜。耗子？你是说你看到耗子了？西瑟尔轻声说，是老鼠。我看见它穿过房间，是只老鼠。我走过去踢那堆书，它立刻现身，我先是听见它的爪子着地，而后我看见它沿着墙跑，霎时我觉得它似乎和一只小狗差不多大，一只老鼠，一只矮胖壮硕的老鼠，肚皮擦着地板在跑。它横过整堵墙爬到抽屉柜后面。我们得把它赶出去，西瑟尔以一种我完全陌生的声音哀号。我点点头，可一时却动弹不得，也说不出话，它是那么大，那只老鼠，整个夏天它都和我们待在一起，在我们做完以后深沉的空虚寂静里，在我们熟睡之际开始挠墙，它是我们的邻居。我感到十分恐惧，比西瑟尔还要害怕，我肯定老鼠了解我们就像我们了解它，它现在明白我们在屋子里就像我们知道它躲在抽屉柜后面一样。西瑟尔刚想开口再说什么，外面楼梯上响起了一阵吵闹声，是熟悉的跺脚和机关枪的声音。听到这声音我松了一口气。阿德里安以他惯常的方式驾临，踢开门，跳进来，猫着腰，斜挎机关枪。他从喉咙底部向我们喷射粗粝的扫射声，我们在嘴唇上竖起手指，想让他别吱声。你们死了，你们两个。说着他已经准备推车横穿屋子。西瑟尔又朝他嘘，招手让他到床这边来。嘘什么？你们怎么啦？我们指指抽屉柜，是老鼠，我们告诉他。他立刻跪下身来，观望。老鼠？他倒抽一口气。太妙了，是只大的，看呀。太妙了。你们想怎么办？我们把它逮住。我飞快地穿过房间从壁炉处操起一根拨火棍，在阿德里安的兴奋感召下我得以暂时摆脱恐惧，假装这只是我们房间里的一只胖老鼠，逮住它是场刺激的游戏。床上又传来西瑟尔的哀号。你拿着那个想干吗？一时间我感到握着拨火棍的手松了，我们都明白，那不是一只普通的老鼠，这也不是一场刺激的游戏。与此

161

同时，阿德里安在手舞足蹈，对，那个，就用那个。阿德里安帮我把书搬到屋子中间，我们围着抽屉柜垒了一堵墙，只在中间留了一处缺口供老鼠通过。西瑟尔还在不停地问，你们在干什么？你们想用这个做什么？不过她不敢离开床。我们垒好了墙，我递给阿德里安一只衣架，让他用来把老鼠赶出来，忽然西瑟尔跳过来想从我手里夺过拨火棍。把它给我，她叫喊着吊在我仰起的胳膊上。就在这时老鼠从书墙的缺口处冲出来，它直奔我们，我看见它咬牙切齿的样子。我们四下逃窜，阿德里安跳上桌子，西瑟尔和我又退到床上。老鼠在屋子中央停顿了片刻，而后继续向前冲，这下我们几个有时间打量它了，我们有时间看清它有多壮、多胖、多快；它的整个身体是如何颤抖；它的尾巴是如何像条附着的寄生虫一样拖在身后。它认识我们，我觉得，它要直取我们。我不敢去看西瑟尔。当我站在床上，举起拨火棍瞄准它时，她发出尖叫。我使尽力气掷出拨火棍，它先击中地板，离老鼠削尖的脑袋仅几英寸远。它立刻调转身，跑回书堆的缺口中。我们听见它用爪子刨地的声音，而后把自己藏在抽屉柜后面，不动。

　　我掰开铁丝衣架，把它拉直然后对折，交给阿德里安。他现在安静多了，更有一点害怕。他姐姐则双手抱膝坐在床上。我站在离书堆缺口几英尺远的地方，双手紧握着拨火棍。我向下扫了一眼，看见自己苍白的双脚，一只老鼠的幽灵正龇着牙把趾甲从肉上咬掉。我大声叫道，等会儿，我得穿上鞋。可是已经太迟，阿德里安在用铁丝朝抽屉柜后面猛戳，我不敢走开。我蹲得稍稍低一点，像个板球手一样压住拨火棍。阿德里安爬上抽屉柜，将铁丝对准角落直刺下去。他正对我喊着什么，我没听清，气急败坏的老鼠冲出缺口，朝我的脚奔袭过来寻仇。它像老鼠幽灵一样龇着牙。我双手向下挥舞拨火棍，不偏不倚正好击中它的肚子底下，它飞离地面，由半空划过，伴随着西瑟尔从捂着嘴的指缝中发出的持久尖叫，它狠狠地砸在墙上，那一瞬间我在想，一定摔断了脊梁。它跌落地上，四脚朝天叉开，像只熟果子。西瑟尔没有把手从嘴边撤下来，阿德里安在抽屉柜那边没动，我也保持着挥击时的重心，谁都没敢出气。一股淡淡的气味在屋子里蔓延，腥腐而私隐，宛如西瑟尔的经血。这时阿德里安放了个屁，他从胆怯的畏缩中笑了出来，他的人体之气混入弥漫的老鼠气味之中。我站在老鼠前，用拨火棍轻轻戳了戳它。它翻

163

向一侧，它的肚子上有一条深深的伤口，从里面淌出一个半透明的紫色胞衣，里面蜷缩着五个暗淡的身形，双膝顶着下颌。当胞衣碰到地面的那一刻，我看见里面动弹了一下，是一条未出世的老鼠的腿在抽搐，仿佛在盼望，可老鼠妈妈已经无望地死去，任何盼望都已不再。

西瑟尔跪在老鼠旁边，阿德里安和我像保镖一样站在她身后，那情形似乎她拥有某种特权，她蹲在那儿，长长的红裙子铺满四周。她用拇指和食指分开老鼠妈妈的伤口，把胞衣塞进去，合上血肉模糊的皮毛。她继续跪了一会儿，我们默默地站在后面。然后她把几个碟子从水槽移开好洗手。现在我们都想到外面去，于是西瑟尔用报纸把老鼠包起来，我们裹着它下楼。西瑟尔掀开垃圾桶的盖子，我小心翼翼地把它放进去。忽然我想起来，我告诉他们两个等等我，我又跑回楼上。是那条鳗鱼，它一动不动地躺在那么丁点儿水里，我差点以为它也死了，还好我把桶拎起来的时候看到它在扭动。风已经停了，浮云在散开，我们在交错的阳光和云阴中走向码头。潮水涨得很快。我们走下石阶来到水边，我把鳗鱼倒进河里，看它拂动身体，像在褐色的河水下面闪过一道白，从我们的视线

164

中消失。阿德里安跟我们道别，我以为他会拥抱他姐姐。他犹疑片刻，跑开了，又转过脸来喊了句什么。我们大声应他，祝他假期愉快。回去的路上西瑟尔和我停下脚步远望河对岸的工厂。她告诉我，她会辞去那里的工作。

我们把床垫抬到桌子上，在敞开的窗前躺下，面对面，像夏日伊始那样。我们有一丝清风吹进，带来淡远如烟的秋天气息，我感到恬静，无比清澈。西瑟尔说，下午我们先清理房间，然后去远行，沿着河道去远行。我把掌心按在她温暖的肚子上说，好。

化装

敏娜呵那个敏娜。如今蔫软，微喘，隔着厚厚的镜片，回忆起她在舞台上的最后一次亮相。老维多利亚剧院，妒妇高纳里尔①。她不许人乱说，虽然朋友们说早从那时起，敏娜的脑子就不行了。他们说，第一幕的时候，被提词，幕间她冲着心虚的舞台助理大叫，长长的蔻丹指甲抓过去，在那人眼下面的颊上向右划出一道细痕。李尔王过来挡在了中间，他上星期才被封为骑士，一位在戏迷圈外也尽人皆知的尊者。导演也插进来，用节目单拍拍敏娜。敏娜朝每人唾了一口，骂这个"皇室舔屁虫"，骂那个"后台一只鸭"，然后又演了一晚。这只是为了给替她的演员以准备的时间。敏娜在舞台上的最后一夜。好一个贵妇，扫来行去，念白接唱，穿行于无韵诗行里的列车，

_____

① 莎士比亚悲剧《李尔王》中李尔的大女儿。

169

猫一样呼号，不加撑垫的傲人酥胸随声涨伏。那么大胆。一开场，她便漫不经心地将一朵塑料玫瑰撒落前排，当李尔称赞她耍扇子有一套时，引发了数波窃笑。观众是复杂的情感动物，同情她，又被绝望的剧情感染，他们知道敏娜的事情，在谢幕时发出特别的欢呼声，送她一路哭回化妆间，边走边用手背抵着额头。

两天后布里安妮去世，她的姐姐，亨利的妈妈。于是混淆日子的敏娜说服了葬礼茶会上的敏娜，她这么告诉朋友，她放弃舞台来照料姐姐十岁的孩子，他需要一个现实中的母亲，敏娜说道，现实的母亲。可敏娜是一个超现实的母亲。

在伊思灵顿她家的客厅里，她把侄子拉到身边，把他的小麻斑脸按到如今加过撑垫又洒了香水的胸上。这一幕在第二天去牛津街的出租车里又重演。她在那里为他买了一瓶古龙水和一套蕾丝边的小爵爷服。随后几个月里，她让他的头发留得长过了衣领和耳朵，这在六十年代早期来说可谓新异。她鼓励他为晚餐着装，这正是本故事的主题。教他晚上如何从鸡尾酒柜里调兑她的饮品，她为他请了小提琴教师，还有舞蹈老师，生日时又请了裁缝，然后还有一个嗓音尖细而文雅的摄影师。亨利和敏娜盛装端坐壁炉前，让他为他们拍有带褪色效果的淡褐彩照。这些全都是，敏娜告诉亨利，很好的训练。

很好的训练是为了？亨利没有对她或自己提出过这个问题，他不是敏感而善于内省的一类，只是把这样的新生活和自恋情结看成现实的一部分，毫无意见地接受。现实是他妈妈去世了，六个月来她的形象淡去如渺茫的星辰。当然还是有一些细节，他会提出疑问。当摄影师跃身穿过房间去收拾他的三脚架然后离开时，亨利从门口走回来，问敏娜，"为什么那个人声音那么滑稽？"但他满足于对敏娜的话似懂非懂。"我想，亲爱的，那是因为他是个怪人。"一包沉甸甸的照片很快寄抵，敏娜跑出厨房，寻找她的眼镜，又是尖叫又是傻笑，用手指撕扯着硬邦邦的棕色纸袋。在照片的边缘，棕色渐渐淡如烟霭，似乎很珍贵，却又不真实。里面的亨利，苍白，被动，直着背，一手轻搭在敏娜的肩头。她则坐在钢琴凳上，长裙铺地散开，头微微后仰，腰背挺出贵妇式的弓形身姿。头发挽成小黑鬓垂于后颈。敏娜大笑起来，激动地摸索眼镜，好把照片拿远点看清楚，却一转身撞翻了牛奶罐，于是笑得愈

171

发厉害，向后蹦到椅子里，避开从两腿之间滴答到地上的白色涓流。她边笑边问："你觉得如何？亲爱的？效果很棒吧？""还行吧，"亨利说，"我觉得"。

很好的训练？敏娜也未曾自问其中的含义。不过那肯定和舞台有关。敏娜所做的每一件事都和舞台有关。总是在舞台上，即便只有一个观众在看，她一举一动都为了他们，仿佛一种超自我，她不能冒犯他们和自己，因此有时精疲力竭后她会呻吟一声倒在床上，这声呻吟也是有板有眼，拿捏到位。早上起来坐在卧室妆镜前梳妆，几个裸露的灯光在四周打出一个小小的马蹄光圈，她觉得背后似乎有一千双眼睛在注视她，因此每个动作都格外留意，要做得与众不同。亨利并不善于洞察。他误解了敏娜。敏娜唱歌时，或者舞动双臂，踮足旋转时，购买阳伞和戏服时，冲送奶人模仿他的口音时，还有高举着盘子从厨房走向餐桌时，或者牙缝里吹着某种进行曲的口哨，一边用她总在穿的奇怪的芭蕾舞鞋打着拍子时，亨利以为这都是为了他。他有点不自在，闷闷不乐——要不要鼓掌？该做点什么？参与敏娜一起，否则敏娜会觉得他在生气？有几次，被敏娜的情绪感染，他也加入进来，摇摇晃晃地，跟着一

172

起在屋子里乐癫癫地疯。可是敏娜的眼神分明在警示他这里只容得下一位表演者，于是他就缩起手脚踅到最近的那把椅子里去了。

她无疑令他忧虑，但别的方面又还好。每天下午放学归家，茶点已准备好了，花样别致，几色他爱吃的点心，蛋挞和烤圆面包，然后是闲谈。敏娜开始叙述她白天的见闻和秘事，这时候更像妻子而不是姨妈。她边吃边飞快地说，喷出面包屑，油脂在她嘴唇上方勾出一弯月牙。

"午饭时我看到茉莉·弗兰克在三桶猛吃海喝，她还和那个职业赛马手还是驯马师什么的同居，却不想结婚，这个恶毒的婊子，亨利。'茉莉，'我说，'你那天广播的马克辛娜流产的八卦现在怎么样了？'——我跟你说过这个吧？——'流产？'她说，'哦，那件事。说笑罢了。敏娜，仅此而已。''说笑？'我说，'我那天到那里时觉得自己真是一个彻头彻尾的傻子。''哦哦，那么现在呢？'她说。"

亨利吃着夹心手指饼，默默地点头，他喜欢在一天的学校生活之后坐下来听故事，而敏娜又那么会讲。喝到第二杯茶时轮到亨利讲他的一天，相对平白而缓慢，像这样："我们先上了历史课，然后唱歌，接着卡特先生领我们去汉普斯特德山上走，因为他说我们都像要睡着的样子，然后就到了休息时间，休息过后我们上法语课，然后是作文课。"但敏娜插话延长了谈话时间，"历史是我喜欢的科目，我记得……"还有"汉普斯特德山是伦敦的制高点，你得小心不要掉下去了，亲爱的。"还有作文，故事，他带回来了吗？打算读一下吗？等等，她得先坐得舒服点，好吧现在读吧。他心里说着不好意思，很不情愿地从他的书包里抽出练习本。翻开抚平，开始念，听起来像一个有自我意识的机器人在独白，"因为半夜听到的可怕哭声，村子里没人曾走近过灰崖上的城堡……"结尾时敏娜又是跺脚又是鼓掌，还像戏院后排的人那样大叫，把茶杯高高举起，"我们必须给你找一个代理人了，亲爱的。"现在轮到她了，她拿过故事，婉转激越地念起来，一边还敲打茶匙制造音效，使他相信这个故事很棒，甚至令人毛骨悚然。

　　下午茶和告白大概要进行两小时。之后他们便回各自的房间，为晚餐着装。过了九月，亨利发现炉火在房中晃动，墙上缭绕着家具的投影，而他的衣服或者说装扮摊开在床上，是敏娜为他当晚挑的。为晚餐着装。这中间的两小时，辛普森太太会自己拿钥匙开门进来，把饭做好再走；敏娜则洗好澡，戴着墨镜躺到人造阳光下；亨利做功课，读他的老书，摆弄他的旧破烂。敏娜和亨利在大英博物馆附近潮湿的书店里发现了这些旧书和图册，又从波托贝洛路、肯敦市场和肯特城的旧货店里收集来这些破烂。一块木头，上面刻着的一排渐渐变小的黄眼大象；一列油漆铁皮做的发条火车，还能走；一个掉了线的木偶；一只泡在坛子里的蝎子；还有一个维多利亚式儿童舞台，根据一本措辞古雅的脚本册子，可供两个人表演《一千零一夜》的场景。两个月里他们在不同的背景前把褪色的卡纸人推来推去，轻轻转动手腕将它们变换，还用小刀和茶匙模拟刀剑格斗。敏娜很紧张地跪在那里，有时他忘了词她就很生气，他经常忘。好在她自己也有不记得的时候，于是他们便大笑。敏娜会模仿各种人说话的嗓音，坏蛋的主人的王子的女主人公的原告的，想要教会他，但却徒劳，他们又大笑起来，因为亨利只能发出两种嗓音，一种高一种低。敏娜厌倦了纸板舞台，现在只有亨利会在炉火前把它拿出来，因为害羞，他只是在心里默念人物的对话。晚饭前二十分钟，他脱掉校服，洗洗手，穿上敏娜安排好的戏服，到餐厅里和同样穿着戏服的她一起吃饭。

敏娜千方百计地收集了很多戏装、便装、礼服、旧衣，把它们缝改合身，塞满了三个衣橱。现在她也为亨利收集。几件在牛津街定做的套装，但其他都是多余的存货，来自濒临散伙的业余戏班或者被人遗忘的哑剧团，也有一流戏服商的二手货，瞧，这是她的爱好。亨利为晚餐穿过了一个士兵的制服，一家美国酒店战前的电梯司乘的工作服，那个人肯定是个老人了，一件类似僧袍的衣服，还有牧童的牧羊罩衫，出自维吉尔的田园牧歌，牧歌曾由高六预科班的姑娘们排演成歌舞剧，是由当时的年级长编写和设计的，而敏娜也曾是年级长。亨利也不好奇，很顺从地每天晚上穿上放在床尾的衣服，来到楼下，看见敏娜穿着有衬垫和鲸骨撑的裙装，或是缀着亮片的猫女装，有时还扮成了克里米亚战争中的护士。但她没什么不同，也不扮演戏服代表的角色。她对两人的造型不做任何评价，看上去好像想要忘掉这码事。她吃着饭，伸着懒腰，喝着外甥递过来的饮料，他就是这样被训练的。亨利接受了这种生活规律，喜欢上了漫长的茶点仪式和固定的私密时段，放学路上他就想今天她准备了什么给他穿，希望在床上发现新东西。但敏娜很神秘，喝茶时并不会提醒他今天有什么新衣服，而是让他自己去发现，当他穿着一件她找来的托加袍①，站在那里为她调酒，并给自己倒上一杯柠檬汁时，她心中暗笑。在客厅里两人隔空举杯致意，默默无语。她将他扳转身，在心里默记需要修改的地方，然后开始吃饭，如往常一样的闲谈，她过去舞台上的故事，或别人的故事。那都是些很奇怪的事，但不知道怎么在亨利听来却没什么特别，并且在冬天里烘托出家的气息。

一天下午喝完茶后，亨利打开房门，发现一个女孩俯卧在他床上。走近一点，那不是女孩，而是一套晚会裙装、一副金色长发假发套、一条白色紧身裤和一双黑色浅口皮鞋。他屏住呼吸，碰碰那裙子，冰冷，滑溜溜地令人不快。拿起来便簌簌作响，全是荷叶边和褶裥，一层一层的白缎和蕾丝，粉色镶边，背后还垂着一个别致的蝴蝶结。他让它重新伏到床上，这是他见过的最女孩气的东西。他把手在裤子上擦了擦，不敢去碰那个看上去像有生命的假发套。不是这些，不是他，敏娜真的想要他穿？他委屈地瞪着床上，拿起白色紧身裤，不是这些，肯定。要

① 古罗马男性公民穿的宽松长袍。

177

他穿成士兵，罗马人，小仆役，这些都可以，但女孩不对劲。就像学校里他的那些好朋友一样，亨利一点也不喜欢女孩，他躲着她们。她们喜欢扎堆，耍小把戏，一会儿咬耳朵一会儿傻乐，手拉手还传纸条，总说我喜欢我喜欢，他们看到这些就咧嘴表示厌烦。亨利郁闷地在房间里来回走，又坐到桌前背法语单词，armoire 橱柜，armoire 橱柜，armoire 橱柜……? 每过一分钟就回头去看那些东西是否还在床上，还在。晚餐还有二十分钟，那不可能，他不可能脱下自己的衣服穿上那些，尽管破坏了着装仪式也是件可怕的事情。现在他听到敏娜唱着歌出了浴室。她就在隔壁房间里上妆。他可以请求穿别的吗，在她今天特地出门为他买来这些之后，在她告诉他这些假发有多贵多难求之后。他远远地坐在床的另一头，想要哭，几个月来他第一次想念起妈妈来，可靠的，永远不变的妈妈，总在交通部打字的妈妈。他听见敏娜出了房门下楼等他，他开始脱鞋，然后又停住，他不想。敏娜朝上喊他，声音并无异样。"亨利，亲爱的，下来了吗?"他大声说："马上。"但却没有动弹，没法去碰那些东西，不想，即便假装穿成一个女孩也不行。楼梯上传来脚步声，她上来看了，他脱掉一只鞋做做样子，别无办法。

她进了房间，是他从来没见过的装扮，一身军官制服，神气，挺括，薄搭扣肩章，裤子上镶着一道红带。头发盘向脑后，也许还抹了油，闪亮的黑皮鞋，脸上画着男人的粗线条和小胡子。她大步走进房间，"亲爱的，你怎么还没开始呢，我来帮你，这毕竟是要在背后系带子的。"她开始松他的领带。亨利麻木地站着，失去了抵抗。她那么坚决，脱掉他的衬衫、裤子和另一只鞋，袜子，然后怪怪的，脱掉了他的内裤。他洗过了吗？她握着他的手腕，把他领到水池边，旋风似的把他席卷了个遍。他光着身子站在房间中央，像在噩梦中。敏娜在床上的衣服里胡乱翻找着，找到了，拽在手里转过身，白色连裤袜。亨利看在眼里，心里说着"不"。她弯下腰蹲到他脚边，用欢快的语气说："抬起一只脚。"一边用手背敲了敲他一只脚。但他挪不动，只是站在那儿，被她声音里强忍的火气给吓住了。"来，亨利。不然晚餐吃不成了。"他动了动舌头，终于说："不，我不想穿那些。"她蹲在那里有一会儿没动，然后便直起身，死命地掐住他的小臂，凑近了紧盯着他的脸，像是要把他吃掉的表情。他看见一张脂粉填塞起来的

179

面具，一个老男人，轻浮的疤痕线，下唇线愤怒地紧箍着牙齿。他的小腿开始发抖，接着全身都抖了起来。她摇摇他的胳膊，嘶声说："抬脚。"她等着，他慢慢动起来，但这一动使他失去控制，一股尿流不由地顺腿蜿蜒而下。她再次把他推到水池边，用毛巾飞快地给他擦拭，说："抬脚。"亨利又怕又羞，不敢违抗，他抬起一只脚，跟着另一只，顺从地接受那层层叠叠的裙衣从头上套下，冰凉地贴在皮肤上，从后面用丝带绑住。然后是连裤袜，浅口皮鞋。最后是套得紧紧的假发。金色头发垂过他的眼帘，随意飘落在肩上。

他在镜子里看见了她，一个令人作呕的漂亮小姑娘，他移开视线，凄惨地跟着敏娜下楼，在裙衣里发出快快的籁动，双腿还不住地颤抖。敏娜现在变得快活了，拿他的不情不愿开着缓和气氛的玩笑，又说起今天去过的一个地方。也许是贝特西游乐场吧。即便在迷乱恍惚中，亨利也感觉到她因他的扮相而兴奋，因为吃饭时她两次从位子上走到他坐的地方，吻他抱他，手指在衣服上摩挲。"没事了，全都过去了。"后来敏娜喝了三杯葡萄酒，摊开手脚躺在扶手椅里。一个醉酒的士兵招呼着他的姑娘，想要她过来坐到长官的膝上。亨利徘徊在她够不到的地方，内心十分恐惧——她是不是很邪恶？很疯癫？他没法确定，但着装游戏由此失去了乐趣，他感到这其中敏娜的强制意味，他不敢违拗她，在她推搡他的动作里，嘶竭的嗓音里，隐藏着一些模糊的东西，一些他还不能理解的东西，他把它们从脑海中赶开。因此那晚临了，躲避着敏娜拉他上膝的手，瞥见房间里许多镜子里的自己，那个穿着晚会裙衣的漂亮金发小姑娘，他告诉自己："都是为了她，和我没有任何关系。都是为了她，和我没关系。"

　　除去她身上那些他不能理解的东西叫他害怕，亨利大多数时候还是喜欢她的。她是他的朋友，她总是想让他笑，而不是叫他去做这做那。她会模仿各种滑稽的嗓音逗他发笑。讲故事讲到兴奋处，她经常讲到兴奋处，她会手舞足蹈演给他看，客厅变成了舞台。"那天黛博拉辞别丈夫，径直去往巴士车站……"这里敏娜摇摆双臂向房间中央迈了几步……"但这时她忽然记起午饭时间村子里不会有公共汽车过来……"手搭凉棚她在房间里四下寻找巴士，然后另一只手飞贴到嘴唇上，瞪目，张口，恍然记起的表情漫过她的脸，仿佛太阳从乌云后面出来……"于是

181

她便回家去吃午饭……"又迈了几步……"她丈夫在两个空盘子前，打着饱嗝说，'啊，我不知道你要回来，就把你的也吃了。'"……双手叉腰敏娜向亨利鼓出双眼，他现在成了坐在桌边的丈夫，他在想要不要参与进去，往椅背上一靠再打个饱嗝，但他却笑了起来，因为敏娜在大笑。故事讲到结尾时她总是这样大笑。敏娜时常在电视上出现，他为此仰慕她，即便那只是一些广告片。她通常是一个家庭主妇，手上拿着某个牌子的洗衣粉，头上卷着卷发器，裹着打结的头巾，站在花园墙边喋喋不休，一个邻居从墙那边靠过来问她的床单为什么那么干净，她的秘诀是什么，她总是用伦敦南部口音告诉她。她租了个电视只为看这广告片，他们手持节目单坐定，等着它出现，一出来他们就笑。播完就关掉，只是偶尔才看看节目，还没看就让她生气："天，那是保罗·库克，我认识他的时候他还在伊普斯威奇保留剧目轮演剧团擦地板呢。"于是她从椅子里跳起来，一把拔掉插头向厨房扬长而去，留下亨利坐在椅子里看着屏幕中央的白点褪尽。

圣诞节前的一个下午，放学迟天又冷，茶碟边有一叠东西，敏娜放在他肯定会看到的地方，一叠平整的白色小卡片，上面一行精致、瘦长、装饰性的手写圆体字：敏娜和亨利邀请您参加派对。来宾须化装。敬请赐复。亨利看了几张，上面自己的印刷体名字有些陌生，他抬头看向正看着他的敏娜，一种忍俊不禁的氛围在他们中间升腾，在唇边一触即发，她在等待。他有点兴奋，但由于被期待，却不知道如何表达。于是他弱弱地说，很好啊。但错了，他根本不是这么觉得的，从来没参加过晚会，也从未上过请柬，再说敏娜的行事风格也使得这件事情很难说，需要知道更多。"化装，化什么样的装呢？"但太迟了，他这么说的时候，敏娜大笑着站起来，跳着芭蕾步昂然穿过房间，同时和着步调一遍遍唱着："这很好吗？好——吗？好——吗？好——吗？"他不自在地望着她在屋子里转了个圈，又回到他的座位和桌子边。她站到椅子后面，装出慈爱的样子把他的头发弄乱，拨拉着，刺痛了他的眼睛。"亨利，亲爱的，可以说很难搞，很奇妙，很要命，但不能说很好。我们做的事情没有很好的。"边说边用手指卷绕他的头发。他头一偏，转头向上看她。她被这突如其来的斜眼瞪视逮了个正着，这时她缓和了一点，带着真正的怜爱搂住他。"我们的生活里将有一次快乐时光，你不开心吗？你觉得那些卡片如何？"他又拿起卡片，一本正经地说："谁也不敢不来。"她语调中隐隐的邪气消失了，一边倒茶一边告诉他，化装必须要不被看出来，要能在她将要邀请的朋友们中间制造出玩笑和逸闻。

晚餐后他们坐在炭火边说话。敏娜穿着一件限量配给年代的新风貌装，亨利穿着小爵爷服，长长的沉默之后，敏娜突然说："你呢？你准备邀请谁？"他怔了几分钟没有回答，想了想学校里的朋友们。在学校里他可不一样，不是这个样子。他玩追逐游戏，对着墙踢足球。在班上，他把敏娜的一些话和故事当成自己的搬出来讲，老师们因此认为他有点早熟。他有许多朋友，但都泛泛，不像有些人那样有一个最好的朋友。到了家里面，静坐在戏剧化场景和敏娜的情绪中，那么专注免得错接对白，他从未把这两种状态放在一起想过。一处大而自由，有大窗和亚麻地毯，几长排给他们挂外套的挂钩，另一处则密集，他房间里的东西、两杯茶和敏娜的游戏。向敏娜叙述他的白天就像早餐时讲起一个梦，真实而又不真实，最后他说："我不知道，我想不起来有谁。"和他一起踢足球的那些人能和敏娜共处一室吗？"你难道在学校没交到可以带回家的朋友

184

吗？"亨利没有回答。他们怎么可能化装，穿上戏服之类的东西呢？他肯定那不合适。

　　第二天她没有再问起，但滔滔不绝地尽诉心中涌现的细节和主意，她整天没想别的事情。为了加强化装的效果，房间里的光线要昏暗。"即便最好的朋友也无法认出彼此。"而化装也将一直是个秘密，没有人会知道哪个是敏娜，她可以四处走动，开心玩乐，让他们自己拿饮料喝，自我介绍——当然是假名字——他们全都是舞台上的人，化装大师，塑造人物的艺术家，因为这在敏娜看来的就是表演艺术，塑造自我，换句话说就是伪装。她气也不歇地讲着这些细节，在浴室里时又突然想到，当然要有红灯泡，一个潘趣酒的酒单，在某处放出音乐，也许我们还要点上几支香。然后请帖被送走了，所有能做的安排都做了，还有两星期。因此敏娜和亨利不再谈论这件事。她认得他所有的装束，因为那都是她买的，而她不想在那天认出他，因此给了他买衣服的钱。他必须自己去买，而且要保证自己保守秘密。星期六走了一整天，他在海伯里和伊斯灵顿地铁站的一个旧货店里找到了，放在照相机、破旧的剃须刀和发黄的书中间，有点像怪物鲍里斯·卡洛

夫 ① 的脸，用布做的，在眼睛和嘴巴处挖了几个洞。套到头上时有点像风帽的形状。金属丝做的头发向四面八方张开，看上很滑稽，会叫人吃一惊，但不吓人，那个男人说值三十先令。那天他身上没带钱，于是跟那个人说他星期一放学后会顺路过来买。

但那天他没去，那天他遇到了琳达。原本教室里的座位都排好了，两个一桌，四个一组，中间一条通行过道。亨利是新来的，一个人得意地占据了一整张桌子，这是因为其他人恰好都结成了对。他的书本、图册和两个玩偶从一边摆到另一边，人很伸展地坐在后面，感觉很惬意。老师在解释二十五英尺时，说大概就是从这里到亨利那张桌子的距离，教室里每个人都转过头来看，当然这是亨利的桌子。星期一他的桌子边坐了一个女孩，一个新来的女孩，她把自己的彩色铅笔铺在桌面上，好像那里是她的领地。看到他瞪着她，她垂下目光，轻声但并不退让地说："老师叫我坐这里。"亨利皱着眉头坐下，他的地盘被

---

① 卡洛夫（1887—1969），出生于英国的美国演员，因在大量恐怖片中饰演怪物和恶魔等角色而闻名，代表作有《弗兰肯斯坦的新娘》和《木乃伊》等。

人侵犯了不说，还是个女孩。头三节课她坐在旁边，亨利就当没人一样，他目不斜视，因为朝旁边看就意味着接受了她，这些顾盼的女孩就想抓住你的眼神。下课时他抢先起立，站到楼梯下面喝牛奶，避开他的朋友，等到教室里的人都走空了，才走回去为她清理出一半的桌子，他闷闷不乐地把一些零碎，发条火车的零件、旧衣服之类收拾起来，装到两个背包里，放到她的椅子后面，隐隐觉得自己做出了牺牲。他想让她知道这有多么不方便。她进来坐下时，不安地微笑了一下，但他很轻松，装作不屑的样子，搓着手向别处看去。

坏心情渐渐消退，他开始好奇，偷偷地瞥了她一眼，又瞥了几下，她身上一些夺目之处触动了他，比如金色阳光一样的美丽长发散落在后背柔软的羊毛衣上，白得像纸、没有血色的透明皮肤，然后是鼻子，挺拔紧致，像马一样张开鼻翼，还有她略带惊恐的灰色大眼睛。知道他又在看自己，她微微翘起嘴角做出欲笑的样子，这个动作让亨利心窝里小小地一惊，有点不自在。于是他把目光移向教室前面，依稀明白了他们说这个或那个女孩美丽时指的是什么，但以前这在他似乎总像是一个敏娜式的夸张。

187

人长大后会恋爱，亨利知道这个，和一个你遇到的女孩，到那时你会结婚，但得遇到一个你喜欢的女孩才行。他会怎样呢，大多数女孩在他看来都无法理解。可这个，尽管他能看见她的胳膊肘几乎到了他这半边，这个如此娇弱，与众不同。他想要摸摸她的脖子，或者把脚挨着她的脚边，亨利会为这些不曾有过的，这些纷乱的感觉而愧疚吗？到了历史课，大家都在画一张挪威地图，给箭头指向南方的海盗船上色。他碰了碰她的胳膊，"我可以借一支蓝色铅笔吗？""海蓝还是天蓝？""海蓝。"她找了一支笔给她，告诉他她叫琳达。握着还带着她手温的笔，他低头格外投入地画起来，涂出一条蓝色晕圈作海岸线，他用它在离眼睛三英寸远的地方忙上忙下，让声音听起来像是琳达，琳达，琳达。然后他想起来，轻轻地说："我是亨利。"灰色眼睛又睁大了些，表示听到了，"亨利？""是的。"被自己吓到了，他午饭时绕开她，确定是另外一张桌子才坐下来吃他的饭。他大声地穿过操场寻找他的朋友们，他们笑他，瞧你得了个女孩。他做出一个厌恶得颤抖的动作，逗得他们大笑，让他加入进来。他们对着操场的墙壁踢足球，亨利叫得最响，挥舞着胳膊和拳头。但球飞过了墙头，他们站在那里等着时，他的心却早已溜回了教室，想要坐到女孩的旁边。等他回去时，她已经在那儿了，他微微点头，让她知道他看见了她的微笑。下午缓慢沉闷地一点点流逝，她的存在令他在椅子上辗转反侧，既不想让时间停止也不情愿让时间继续。

放学时，他跪在她椅子后面，做出好像在包里找什么东西的样子，心想要到明天早上才能再见到她了。她仍然坐在桌边，在做不知道什么的收尾，没注意到他，于是亨利把包翻得更响，站起来清了清嗓子，生硬地说："那么，再见了。"教室里回荡着他的声音。她站起来合上书，说："我来背一个。"从他那里拿过一个包，在他前面走出了教室。他们穿过寂静的操场，亨利四周看了看，是否还有朋友在附近。有个女人站在校门旁边，穿着皮外套，扎了个马尾，看起来既老成又年轻。她朝琳达弯下腰，亲了下她的嘴，看着站在几步远的亨利说："你已经交上新朋友了吗？"琳达只说了一句："他叫亨利。"然后朝他说道："这是我妈妈。"她妈妈朝亨利伸出了手，他走过来握了握手，像大人一样。"亨利，我们可以带你一程吗？把你和你的包送回家。"她说着转动手腕，向身后停着的一辆黑色大轿车约略示意一下。她把他的包放到后座上，建议他们都坐前面，他们照做了，琳达紧靠着他身上好让她妈妈换挡。因为面具，他今天不需要直接回家，他已经告诉了敏娜他会晚些，于是他接受了邀请去喝茶。顶着车门坐着，听琳达给她妈妈讲新学校的第一天。驶过一条弯曲的卵石车道，他们停在一座红砖大屋前面，周围林木环绕，林间石楠低垂，一路向湖边蔓延。他们绕着屋子散步时，琳达指给他看。那边有个别墅，你透过树林可以看到，那是肯伍德之家，那里有许多古画可以免费参观。还有伦勃朗的《自画像》，是世界上最著名的画。那么《蒙娜·丽莎》算什么？亨利想，但这一切都令他印象深刻。

她妈妈在冲茶，琳达带亨利去看她的房间，穿过一条铺着厚地毯，脚步悄无声息的走廊，进到一个门厅里。一段宽大的楼梯从这里起步，上去是一个马蹄状的大平台。楼梯在这里分成两个方向，平台的一头放着一座老爷钟，另一头放着一只巨大的柜子，上面包了黄铜，镶着人物画。琳达告诉他，这是一只嫁妆柜，他们用来给新娘装礼物的，有四百多年历史了。他们走上另一段楼梯，这所房子全是你家的吗？"过去是爸爸的，但他走了，现在是妈咪的。""他去哪里了？""想和别人结婚，不想和妈咪在一起，所以他们离婚了。""所以他给你妈——妈妈这所房子做补偿。"他没法把"妈咪"说出口。琳达的房间简直就是一个有床的杂物堆。东西铺了一地，堵塞了门道。玩具摇床，娃娃，它们的衣服，纸牌和纸牌屑，墙上挂着一块大黑板，床也没铺，床单拖到了房间中央。旁边是枕头，妆镜前放着瓶瓶罐罐和发刷。墙全是粉红色的，陌生的女孩气息，令他兴奋。"你不要收拾的吗？""今天早上我们打了一阵枕头仗。我喜欢乱乱的，你呢？"亨利跟着琳达走下楼，要是能找到个地方，去做你自己想做的事情，当然好。

喝茶的时候，琳达的妈妈说，他可以叫她克莱尔，然后又问他还需要点什么？"不，谢谢，克莱尔。"这让琳达给满口的饮料呛了一下，亨利和克莱尔拍着她的背，他们继续没来由地大笑。琳达紧拽着亨利，免得自己滚落到地上。其间一个高个男子往厨房里探了下头。他长着浓黑的眉毛，微笑着说，"玩得开心哦。"就不见了。亨利穿上外套准备离开时，问琳达这个男人是谁。琳达告诉他这是西奥，有时会过来跟他们一起住，然后耳语道："他睡在妈咪

191

的床上。""那是为啥？"话一出口他就想收回，琳达用外套掩面偷笑起来。三个人又坐到了前排，挤在一起。车子开出去一点，琳达想要他们唱法语歌"两只老虎"，他们唱了一路，直到伊斯灵顿，那么大声，遇到红灯停车时，旁边车里的人都听到了，透过车窗冲他们微笑。克莱尔在亨利家门前停车时，歌声止住了，一时间非常安静。他伸手从后座上拿包，一边咕哝着说"谢谢你们……"可克莱尔打断了他，问他星期天愿意过来吗？琳达叫起来那可要玩上一整天，一下子三个人都在说话。克莱尔说，如果他想来她会开车过来接他。琳达说要带他去看肯伍德之家里的名画，而亨利说他得先回家问问敏娜，但他肯定是可以的。琳达捏着他的手说："学校见。"他们喊着，挥着手，又一轮合唱声响起，淹没在一辆货车开过的轰隆声里。他们把他和他的包留在了路边，过了一会他才进屋。

敏娜坐在桌边，手托着头，茶具在周围铺开。他打招呼时她没有抬头。他在门廊里不安地磨蹭着，脱下外套，翻翻书包。敏娜低声问："你去哪里了？"他看了看钟，六点差十分，他迟到了一小时三十五分钟。"我告诉过你我会晚一个小时的。""一个小时？"她拖长声音缓慢地说：
"现在快两个小时了。"敏娜的陌生感中有一种似曾相识的
东西，让亨利两腿发软。他在桌边开始摆弄一个茶匙，把
它挤进手指握成的圆洞里，直到敏娜的嗤鼻声划破空气，
"放下，"她厉声喝道，"我问你到哪里去了？"他颤抖着
声音，解释说哦一个学校里朋友的妈妈请他去家里喝茶
和——"我还以为你去拿服装去了。"她异常轻柔地说。"是
的，本来要去的可……"亨利低头盯着自己摊开在桌上的
手。"你要去别人家里为什么不告诉我？"她突然扯着嗓子
喊起来，"我们有他妈的电话。"没有人说话。敏娜的回音
在房间里荡漾了五分钟后，还在他的脑子里嗡鸣，她又低
声说："你却该死的一个也没打过。上楼换衣服。"

　　他知道有些话可以用来化解这个局面，但脑子里却一
句也想不起来，有的只是眼前的东西，手指、手指下面桌
布的图案。它们占据了他的注意力，他什么都没说。他走
向门边，经过敏娜的椅子后面，她转身抓住他的胳膊肘，
"这次不许大惊小怪。"然后把他推开。在楼梯顶，他想到
她刚才所言，不许大惊小怪，一身用来羞辱他的新衣装，
因为迟到，因为搅了下午茶仪式。他靠近端正地躺在床上

的女孩，还是上次那个。想也没想他脱掉了衣服，不能再引发敏娜的狂怒，那种邪恶的冲动会将她变成陌生人，令他感到恐惧。他一边害怕一边哆嗦着，把冰冷的衣服套上身，那白色的紧身裤，手忙脚乱地，免得她以为他在磨蹭。他摸索到细细的皮带绳，两只手互相够着打结。他戴上假发，站到镜前扶正。站在那里他抬头看，他的动作僵住了，心窝里又是一紧，因为现在她在他的睡房里，头发随意地散落在背上，她苍白紧致的皮肤，她的鼻子。他从水池边拿起手镜，从各个角度打量自己的脸，眼睛的颜色不一样，他的更蓝，鼻子也更大些。但第一眼，第一眼给他的震撼仍在。他脱掉假发，那样子就有点像小丑，黑短发配晚会女装，看得他直发笑。他把假发又戴回去，在房间里跳了一小段舞，一瞬间亨利和琳达合二为一，比在车里还近，你中有我，我中有你。压迫不再，他从敏娜的怒气中解脱出来，隐身在这个女孩里面。他开始梳理假发，学着琳达放学回家后的样子，从头梳到尾。这样头发不会分叉，她告诉他。

他还站在镜子前发愣，她突然走进房间，穿着上次那套军官服，脸上线条看着比上次还要坚硬。她掰过他的肩头让他转身，背对着她，从后面把裙衣系上，无声地哼哼着。她也把假发梳了梳，手伸到他的大腿内侧去摸摸内衣，满意了，把他转过来正对着她。凑近看她那张画着粗黑线条的脸，一垄一垄油亮的头发，他又一次笼罩在无言的恐惧感中。她弯下腰，把他拉近，吻他的前额："乖。"然后默默地牵着他的手领他下楼。这次是她给他倒饮料，两杯满满的红酒。她欠身把杯子递到他手中，鞋跟敲着地面，扮出一副粗哑的嗓音："你的酒，亲爱的。"他端着一只与往常不同的杯子，彩色的杯柄太短，他得使出两只手捧着。只有在特殊的日子里敏娜才会给他掺些啤酒，平常总是喝柠檬汁。现在敏娜背靠炉火站着，肩往后收，杯子与她的平胸持平，"干杯，"说着吞下两大口，"干了。"他用舌尖舔了舔，又苦又甜，他忍住没打颤，闭上眼喝了一大口，舌头一顶赶紧咽下去，免得尝到那味道，但嘴里还是感到一种麻麻的余味。敏娜喝完了自己的，等他喝完他的，然后把空杯子拿到酒柜边添满，又把酒放到桌上，才开始端菜上桌。眩晕而恍惚，他帮着她从加热板上端过一盘菜，奇怪敏娜为何如此安静。他们坐下来。琳达和亨利，亨利和琳达。席间敏娜举杯，说："干杯。"等他也举

195

起杯子，才喝掉。喝完马上站起来又去倒酒。现在他感到世界在滑走，目光所及，所有的东西都在从自身漂离，可同时又还在那里，物件之间的空隙在上下波动。敏娜的脸也散碎了，浮动着，和自身的影像重叠。他抓住桌子边想稳住房间，看见敏娜在瞧着他，看见她咧嘴大笑似乎在鼓励他，看见她在三维扭曲的房间里笨重地漂过去拿咖啡壶。世界似乎从你脚边某个地方开始翘起，如果他闭上眼，如果闭上眼，你就会跌落世界的边缘。与此同时敏娜一直在说话。敏娜想知道下午的事情，他在别人家里都干了什么，于是他动了动不知道在哪里的舌头，听见自己的声音从隔壁房间微弱地传来落在他嘴里，上颚好像被胶住了。"我们……我们拿出，她给我们拿……"他说不下去了，只剩下敏娜的笑声和大呼小叫。"哦我可怜的小姑娘有点喝过头了。"一边说着，一边蹑手蹑脚地走上来，从腋下架起他，半拖半抱地将他挪到扶椅边，拉上自己膝头，又转动他的身子，让他的腿垂搭在椅子扶手边。她用胳膊兜着他的头，像摔跤手那样滚热紧密地伏在他身上，他手脚无法动弹。她紧紧箍着他，把他的脸用力按进自己没扣扣的胸衣的沟壑里。他在她的怀抱里头晕目眩，他知道突兀的动作会引发陡然反胃。她好像想要这个姑娘，把他的脸朝她胸脯按得更近了。胸衣下什么都没有，亨利的脸紧贴到了她那干瘪老乳上微香而深皱的皮肤。她的手托住他的后颈，他没法从棕色的织物里露出脸，也不敢猛用力。他知道胃里有什么，因此不敢动弹，即便在她开始哼唱，另一只手开始在层层裙衣下面摸索他的大腿时。她半念半唱："士兵需要姑娘，士兵需要姑娘。"尾调消失在她渐渐加急加深的气息中。亨利随之起伏，感到自己被拉得更紧，睁开眼只看到敏娜带点灰蓝色的苍白乳房。那种灰和那种蓝，让亨利想到死人的脸。"恶心。"他冲她的身体咕哝了一声，嘴里无声地涌出一团棕红色的流体，是晚餐和红酒的混合物，颜色正好映衬了胸衣下死一般的苍白。他从她撒开的怀抱滚落在地，假发也松脱了，现在原本清爽的白和粉红沾上红色和棕色的污点后显得那么俗丽。他一把扯掉假发，粗声说道："我是亨利。"敏娜呆了片刻，坐在那里盯着地板上的假发，然后站起来跨过亨利，上楼。在天旋地转中他听到她在放洗澡水。他从跌落的地方坐起来，望着在手指间漂移的地毯花纹，呕吐后他感觉稍微好些，但动不了。

197

敏娜洗完澡穿着平常的裙子下来，又变回了她自己。她扶他站起来，领他到炉火边，为他脱下裙子，拿进厨房泡在一个水桶里。她拾起假发，牵着他的手，教他走楼梯，并且一步一唱像哄小孩似的，"一啊二啊三和……"在他的睡房里，他斜靠在她的肩上，她一边帮他脱去剩下的衣服，找来睡衣，一边不停地说，她第一次喝醉的时候……哦第二天什么都不记得了，亨利不清楚她在说什么，但听出来她的语气还好，就像认出她的裙子一样认出了她的声音。他仰面躺在床上，她的手放在他的额头上，让房间不要转那么厉害，楼下敏娜唱着念着那首歌："士兵需要姑娘，雄狮需要颈鬣；要她温柔耳语，要她吻去伤痛。"她抚摩着他的头发。早上醒来时，他发现假发躺在他的枕头旁边，一定是夜里掉下来的。

　　醒来他便想到琳达，眼睛后面有点疼痛，怎么房间里的感觉不大像是早上？楼下敏娜说："你想吃点午饭吗，我让你多睡了会儿没叫你。"但他穿好上学衣服，从挂钩上取下书包，冲出家门跑到街上，敏娜追在后面叫他回来，潮湿的风吹拂他的头发，昨晚一场混乱，他肯定，敏娜因之而丧失了些什么，使他可以轻易地跑开，听着她的声音渐渐变小。跑向琳达。到了学校他编了个理由，有点不舒服，这也不假。到了下午他的脸色依然白得足以令人信服。下午的课开始了，他向课桌走去，她等在那儿朝他微笑，准备将一个纸条塞进他手里，纸条上写着："星期天你会来吗？"以早上从家里跑出时同样的心情，他在反面写上"会的"，手伸到桌子底下递给她，两个人手指交缠时，他捉住她，握了一会才放开。在他心窝里、小腹底，血流在青春前夜的皮肤下微微跳动，上涌，像春花一样绽放，又传递到衣服的皱褶里和悄然落地的纸条上。

　　他能告诉她镜前的一瞥吗，亨利和琳达的样子融合在一起，他们如何在一瞬间合而为一，他如何感到解脱，并在敏娜进来前轻轻起舞？他想告诉她，但得解释很多其他东西，关于敏娜的。从哪里开始呢？怎么解释那些并非游戏的游戏呢？因此他只是转而告诉她那天下午要去买面具，有点像妖怪，"但只会让你笑，不会让你跑。"这意味着他也告诉了她派对的事情，他的名字和敏娜的一起印在卡片上，所有的人都化了装，没有人知道你是谁，谁都可以做他们想做的事情，因为那没关系。大家放学后他们还在空落的操场上，编排着在没人知道你是谁的情况下你能

199

做什么。她想来吗？想，她很想。她妈妈穿过操场向他们走来，亲了亲琳达，挽着亨利的肩，他们一起向车子走去。琳达把亨利的面具和亨利的派对说给妈妈听，克莱尔说她会去，那听起来很有意思。他们互道再见。

他上气不接下气地跑进那家店铺，因为不想让敏娜又怪他晚回家。柜台后的男人，喜欢逗逗小男孩，故作幽默其实却不好玩。"哪里着火了？"看见亨利进来他这么说，假装要去拿急救工具。亨利飞快地说："我是来拿面具的。"那个男人慢条斯理地从柜台上靠过来，笑话就在嘴边，他似乎等不及要说出来。"有意思，我以为你已经戴了呢。"然后瞧着亨利的脸，等他一齐和声大笑。亨利朝他微微一笑："你说了会帮我留着的。""让我们瞧瞧，"他煞有介事地在日历上翻着，"如果我没记错的话，"他吸了口气拖长声音，"如果我没记错——哦——的话，今天是星期二。"说着冲他的顾客小亨利灿烂一笑，弯弯眉毛，看着他着急。"那你还有吗？"他仍旧耸着眉毛，伸出一个指头，这个谁也逗不笑的傻瓜。"这是问题的关键，我还有吗？"就在亨利开始理解世上缘何有暴力这回事的时候，他伸手到柜台下面去找了，"让我看看，这里有些什么。"然后把面具拿了出来，亨利的面具。"你能帮我包起来吗？你知道这需要保密的。"那个男人，亨利这时才看清，是一个老人，他觉得有些不好意思。那人仔细地把他的面具用两层硬牛皮纸包好，又帮他找了个旧网兜拎起来。现在他默不作声了，亨利希望他能再开上几个蹩脚的玩笑，至少他还听得明白。但他只说了一个字"给"，把包裹递给柜台外的亨利。亨利离开店铺时喊了声"再见"，但那个人已经走进里屋，没有听见。

敏娜压根没提昨晚的事情，而是给他切了几片蛋糕，说话又快又多，拿他出门时的样子小小地打趣了一下，她又变回了自己。在厨房里亨利看见泡在一桶水里的裙子，像一条罕见的死鱼。他犹豫了一下说："我的那个朋友，她家人请我星期天去她家玩。"敏娜淡淡地说："是吗，我见过你的朋友吗，你怎么不请他来参加派对呢？""我已经请过了，他们想我星期天过去。"为什么要刻意不提朋友的性别呢？敏娜含糊地说："到时候看吧。"但他站在她后面，跟着她出了厨房："可你瞧我明天得告诉人家。"他的语调招来一阵沉默，过后揭晓了答案。她笑了笑，伸手把他眼睛上的头发拨开，用友好缓和的语气说："我想不要吧，亲

201

爱的。那样你昨晚落下的功课怎么办呢？"边说边推着他走到楼梯脚下。他往一旁站住，"可他们请我去，我也想去。"敏娜笑呵呵地："我想没那么当真吧，亲爱的。""我想去。"她把手从他肩上挪开，坐到最底下的一级楼梯上，双手托腮，想了很久，然后说："那你出去和朋友一起玩，我星期天做什么呢？"这个突然的转变，使从之前的请求者一下子变成了施予者，他站着而她坐在他脚边，他愣住了，无话可说。过了一会，她说："嗯？"向他伸出双手。他向她靠近了点，近到她能把他的手握在自己手中。她从眼镜上方看着他。她摘下眼镜，他看到她眼眶湿了。不对呀，这多可怕，现在他感到身负着可怕的压力，一个人有这么重要吗？她用力地捏了捏他的手。"好吧，"他说，"我留下。"

她拉着他的胳膊想让他靠得更近些，但他把手抽出来，绕过她跑上楼。他把床上的棕色外套搭到椅子上，仰面躺到床上，满怀愧疚地，想把琳达的影子驱开。敏娜走进来，坐到他旁边，注视着他的脸，他转开不去看她。他不想再看到她的眼睛，她只是坐在那里玩毯子角，用手指捻来捻去。敏娜用手指梳他的头发，他身体一下变得僵

202

硬，盼着她停下来。他不喜欢她的手指靠近他的脸，现在不行。"你生我的气了，亲爱的？"他摇摇头，仍然不看她。"你生我的气了，我看得出来。"她站在桌边拿起一块粗糙的木头，他雕了几个月了，想做成一条剑鱼。但他既不能赋予它力量，也不能让它的躯干变得柔软弯曲，它还只不过是一段木头，一条孩童意义上的鱼。敏娜拿在手里转来转去，眼睛盯着它，却并不在看。在天花板上，有一座宽大的楼梯上行到一半分成两个方向，琳达和克莱尔在卧房里打枕头仗，大概克莱尔想让琳达高兴起来吧，因为那是她第一天上新学校，还有那个浓眉的高个子男人，他和克莱尔睡在同一张床上。敏娜说："你真的想去，是吗？"亨利说："没关系，真的这没那么重要。"敏娜转着手里的木头，"你想去的话，就去吧。"亨利坐起来，他还没有大到能够理解人们爱玩的一些小把戏，他还不够大，于是他说："那好吧，我就去了。"敏娜离开了房间，手里仍握着那条无力的剑鱼。

亨利举起沉重的门环，让它落在白色的大门上。克莱尔领他走入通向厨房的幽暗的走廊，"琳达星期天早上总是赖在床上，"他们在厨房的荧光灯下浮现，"你可以上楼去和她玩，但先和我说会儿话，喝杯热饮吧。"他让她脱下他的外套，又转了个圈接受她对他的套装的赞美。"我们得找件衣服给你玩的时候穿。"她给他冲了杯热巧克力，他饶有兴趣地听她说话，一点也不担心会听到什么令他惊讶的事情。她说很高兴他能做琳达的朋友，又说琳达一天到晚都在说他，"她为你画了张彩图和一张素描，但不会给你看的，我知道。"她也想了解他，于是他说起他从旧货店里收集的零碎、纸板舞台和那些旧书，接着又说到了敏娜，她怎么会讲故事，因为她过去是演戏的，他以前从未一口气说过这么多话，他想要告诉她所有的事情，着装、醉酒，可他打住了，他不知道该如何表述，而且他希望她喜欢他，如果告诉她他醉成那个样子，而且还吐在敏娜身上，恐怕她就不会了。她给他拿来一些玩时穿的衣服，一件淡蓝的套头衫和一条褪色的牛仔裤，是琳达的。她问他是否介意，他笑着说不。她走出厨房去接电话，一边回头叫他自己上琳达房间。回到那条通向楼梯的幽暗走廊，他不理解为什么这里只有两头亮着灯。上了楼梯平台，他在那只巨大的柜子边停下来，用手摸着上面的铜人，一行

204

人，打头的是富人，也许是新婚夫妇的亲戚，全都穿得裙裾曳地，宛如大波浪，铺满了街道和人行道，并且全都骄傲地挺着腰；他们后面是些市民，一群乌合之众，每人手上都拿着葡萄酒杯，跌跌撞撞，相互推搡，醉醺醺嘲笑着面前的人。他眼前有一扇开着的门，往里张望，是一个卧室，他从来没见过这么大的卧室，一张很大的双人床放在中间，四面都不靠墙。他往里走了几步，床没整理，中间拱起，这会儿他能看到有个男人脸朝下睡着，他吓了一跳，赶忙退出来回到平台，悄悄把门关上。他记起琳达的衣服还留在主楼梯上，于是找了来，跑上第二段楼梯到了琳达的房间。

她正坐在床上用黑色蜡笔在一张白卡纸上画画。看见他进来，就问他，"你怎么上气不接下气？"亨利坐到床上，"我跑上楼的，我看见一个男的睡在一间卧室里，看上去像死了一样。"琳达手中的画板掉到地上，大笑道："那是西奥，我不是跟你说过他吗？"她把被子拉到下巴那儿，"星期天我醒得很早，不过要到吃午饭才起床。"他扬了扬那两件衣服，"你妈妈给我的，我在哪儿换？""就在这儿，当然，你脚边有个衣架，你可以把外套放进衣橱里。"

她又把被子往上拉了拉，现在只露出眼睛，看着他把衣服挂好，过来坐到她身边。没穿外套和裤子，他能感觉到她的体温透过厚厚的毯子抵达他裸露的腿上。他把腿压在她的上面，盯着枕头上散开如扇的黄头发。两个人忽然迸发出一阵莫名的大笑。琳达从被子里伸出手，拉拉他的胳膊肘。"你为什么不也躺进来呢？"亨利站起身，"那好。"她把头缩进被子里咯咯傻笑，闷声闷气地叫道："可是你得先把衣服统统脱掉。"他照做了，爬进去躺到她身边，他的身体要比琳达凉，他躺下时她打了个寒战，他的胸贴着了她的背。她翻过身面朝着他，在粉红色的幽暗中，她散发出奶香和小兽的味道。过后当他独自回想时，这就是那个星期天的开始和结束，他的心跳从枕头怦然传到耳朵，他抬过一下头，好让她拔出被压住的头发。他们说着话，主要是关于学校的，她在那里的第一个星期，他们都认识的朋友和老师。那天发生的其他事情似乎都显得不太真实，比如，他穿上琳达的套头衫和牛仔裤，吃过午饭，和成群结队的人一起在汉普斯特德园地上漫无目的地散步，琳达带他去肯伍德之家看画，冷艳的贵妇，与她们相貌迥异的孩子，他们在伦勃朗的画前站了很久，都认同它是那里最

206

好的，甚至是世上最好的，尽管琳达不喜欢头像周围的黑暗。她想去看他的房间，然后他们坐在撒缪尔·约翰逊的夏屋里，可以肯定他是一个著名的作家，可是哪个年代的？写过什么？然后他们又和许多人一起，在冬天的阴郁中，穿过园地走回来。他钻出毯子来透气，她脸斜靠在他的胸上，后来也钻了出来。两个人额头相抵，又眯了半个小时，难道那些都只发生在这半小时的睡梦中？只是梦境的延伸？实际上他们只是在那里躺了半个小时，也许久一些。那晚回家后，躺在自己的床上，他这么觉得。

　　事情和他预想的不太一样，事情从来不会如你所想，不会一模一样。那天她忘了买红灯泡，现在去买已经太晚了，因为店铺都打烊了；潘趣酒的单子放在一个信封里，现在也来不及去找了，敏娜买来取而代之的是一筐的瓶装酒，葡萄酒为主，她说，因为几乎人人都爱喝葡萄酒，还有两大壶苹果汁，是为那些不喝酒的人准备的。也不是亨利从来没见过的盒式录音机，而是一台从辛普森太太的儿子那里借来的老唱机，还有从辛普森太太那里借来的老唱片。派对在他的预想中，房子应该更大，房间个个都是大

厅，天花板的高度令客人们显得矮小，音乐从四面八方澎
湃而至，装扮异域风情，外国王子、食尸鬼、船长诸如此
类，还有戴着面具的他。可是现在，时间已近，第一个客
人就要来到，可房间还只是平常那么大，怎么可能两样
呢？音乐只是从一个角落传来，沉闷还带着沙沙的杂音。
现在第一批客人到了，亨利为他们开门，戴着他那张三十
先令、表情惊骇的面具。来的客人都只是化装成平常人的
样子，抑或他们根本没化装？他们没有仔细读请柬？他默
默地立在门边，手拉着门，他们从他身边鱼贯而入，点点
头似乎不觉得他的面具有什么特别，只是谁家的小男孩站
在那里开门而已。他们三三两两地走过，言笑晏晏，自己
倒饮料喝，然后谈笑更欢。穿着黑色灰色西服的男人们，
双手深深插入口袋，和旁边的人交谈时，身体摇来摆去；
妇人们挽着灰色的盘发，手指抚弄着玻璃杯；他们看上去
都是一个样子。敏娜在楼上，准备悄悄下来，化着装神不
知鬼不觉地混入客人当中。他四下张望，她可能已经在这
里了，可没有一个女人，或者男人，看上去像她。他穿行
在交谈的人群中，那些男人有些不对劲，那些女人也是，
这一个的屁股，另外一些的肩膀。一个矮男人，秃头，浑

身香水味，他的脖子对衬衫来说太细了，领结有他的拳头那么大。寻找敏娜时亨利从他身边走过，他朝他弯下腰，"你一定是亨利。"他的嗓音尖细刺耳。"你一定是，我可以从你脸上的表情看出来。"他站直了哈哈大笑，转过身去看是否有人听到了他的笑话。亨利等着，就像那次在店里等着别人的玩笑一样。那个秃头矮男人又向他转回身，想打圆场，压低声音说："我知道是你当然是因为身高咯。亲爱的，你知道我是谁吗？"亨利摇了摇头，只见那个男人把指头伸到秃顶上，用大拇指和食指揭起一点头皮，让他看那下面不是骨头和脑子，而是头发，拳曲的黑波浪，完了他又把头皮盖上，"现在你能猜到了吗？不能？"他高兴起来，显得很得意，把腰再弯得低点，跟亨利耳语："我是你的露西阿姨。"然后就走开了。露西，那些不是阿姨的阿姨中的一个，是敏娜的朋友，早上会来喝咖啡，想要亨利参加她的小剧团，一直想要他加入，这事被耽搁并不是因为他拒绝，而是敏娜，也许有点妒忌吧，不想让他去，所以不要紧。可敏娜，那些大屁股男人，那些壮硕的女人，哪一个是她呢？或者她还在上面等，等他们都喝上更多的葡萄酒？他透过面具的窟窿喝酒，想起上回他的初次，和

209

事后泡在水桶中的裙衣，它现在在哪儿？他把酒飞快地咽下喉咙，不去辨味，可齿间涩麻的感觉舌头也舔不去。他一边寻找着敏娜，一边等待即将来到的琳达，没化装的琳达，他告诉她没必要化装，因为没人认识她，她是个陌生人，所有的陌生人都等于化了装，可是这是一个派对吗？他们全都站在那里，交谈，说笑，从这一群窜到那一群，没有人听唱机，也听不到，如此嘈杂。没有人换唱片，派对该是这样的吗？他自己去换唱片，伸手去够唱片套，一个掉了皮的破烂的硬纸板，这时一只手抓住了他的手腕，一只老手，他抬头看见一个老男人，很老的男人，耷拉着一边肩膀，弯下腰来，背上的驼在外套下面微微拱起，头发分得很开，下巴上一撮胡子，嘴唇上面一块亮斑的地方却寸毛不生。这个男人抓住他的手腕握了一下，然后放掉："别费事，反正没人听得见。"亨利面朝这个男人，戒备地拿起葡萄酒杯："你化了装吗？是不是每个人都化了装？"那个人戳了戳自己的肩膀，看样子不疼："这个怎么能伪装出来呢？""那可能是化装的一部分，我是说用垫子或者……"亨利的话音低下去，淹没在鼎沸的人声中。那个男人转过去把背对着亨利，大声说，"你摸，摸摸看再告诉我这到底是不是垫子。"像喝酒一样，这样的事情只要做得快，就能做到，飞快把它吞下肚就好了。他伸出手去碰碰那个人的背，又缩回来，那人说这不够，这么摸分不出是不是垫子做的，于是他又伸出手，这次他用手指抚摸着驼背。戴着表情惊骇又怪笑的面具，头发四面炸开，染色的嘴唇被酒液浸润，这个狞笑着的小怪物用手触摸着老人既硬又软的驼背，直到那人满意了，转过身说："这样的东西你是藏不掉的。"然后走到房间另一边，独自站在那里，一边喝着酒一边朝人们怪笑。亨利也把杯子倒满了，一边喝着，一边在一群群谈话的人中间游荡，他们的声音在周围起起落落，悲咽的风琴声停了，这些让他有点头晕，要靠着桌子支撑身体，他在等，敏娜在哪里？琳达呢？没有人令彼此困惑，那些交谈的人，那些喝酒的人，认为化装之后他们知道自己现在是谁，发现说话是那么随意，想做什么就做什么也完全没问题。当你不是你自己的时候，你还是某个人，那个人会承担过错，过错，什么过错？亨利用两只手抓紧桌沿，什么过错？他此刻在想什么？酒，还要酒。某种不安的情绪让他每十秒钟就把酒杯举到嘴边，因为不被注意，因为做了大人的派对上不起眼的小不点，某个负责开门迎客的小男孩，因为一切并未如他想象的那么新奇，为此种种他喝掉了四杯葡萄酒。在房间的远端有个男人从人群里走出来，手持酒杯摇摇晃晃地后退，跌进他背后的一张大椅子里，躺在那儿冲着笑他的人哈哈大笑。亨利的话在脑子里结结巴巴，像广告牌上的大数字，慢慢跳出来。如果松开桌子，他就会摔到地上。是摔到地上的怪物，还是亨利，该来承担过错呢？他又想起来，穿上别人的衣服，装成他们，你就得为他们所做的事情承担过错，或者你作为他们所做的……？那些大数字出来得那么慢，这些事情意味着什么。当敏娜为晚餐着装时，当她做她做过的事情时，她以为她是谁？那件泡在桶中像珍稀海洋生物一样的裙子，他们站在空无一人的操场上，开玩笑地讨论化装后你可以做些什么，克莱尔向他们走来，看上去又老成又年轻，还有那个用毛巾擦拭他大腿的军官，那个床上的男人，伦勃朗头像后面的黑色，琳达在那里说她更喜欢，琳达在那里，琳达在房间的另一边，背对着他，瀑布般的头发像漫游奇境里的艾丽斯一样，房间里太多的声音，她听不到他在喊她。他不能从桌子上放手。她在和那个躺在椅子里的男人说话，那个椅子里的男人，那

212

些大数子，那个椅子里的男人在把琳达往膝上拉，琳达和亨利，他站在卧室镜子前感到解脱，同时作为琳达和亨利轻轻起舞，那个人把琳达往膝上拉，紧紧箍住她的头，她害怕得动不了，被吓呆了，舌头不听使唤，谁又能在嘈杂声里听见她？椅子里那个人在用一只手解衬衫的纽扣，人们错落的话音此时一片鼎沸，没人能看到，椅子里的男人把她的脸紧紧按到自己身上，不让她走，亨利想这是谁的过错？从桌子上放开手，慢慢地，踉踉跄跄地，酒气在胃里翻涌，他开始穿过拥挤的房间朝他们挪去。

图书在版编目(CIP)数据

最初的爱情,最后的仪式/(英)伊恩·麦克尤恩(Ian McEwan)著;潘帕译.
—上海:上海译文出版社,2018.6(2024.6重印)
(麦克尤恩作品)
书名原文:First Love，Last Rites
ISBN 978 - 7 - 5327 - 7768 - 6

Ⅰ.①最… Ⅱ.①伊… ②潘… Ⅲ.①短篇小说—小说集—英国—现代
Ⅳ.①I561.45

中国版本图书馆 CIP 数据核字(2018)第 042399 号

图字号:09 - 2013 - 26 号

最初的爱情,最后的仪式
〔英〕伊恩·麦克尤恩 著 潘 帕 译
责任编辑 / 宋 玲 装帧设计 / 储平工作室

上海译文出版社有限公司出版、发行
网址:www.yiwen.com.cn
201101 上海市闵行区号景路159弄B座
江阴市机关印刷服务有限公司印刷

开本 850×1168 1/32 印张 7 插页 5 字数 83,000
2018 年 6 月第 1 版 2024 年 6 月第 11 次印刷
印数:44,001—49,000 册

ISBN 978 - 7 - 5327 - 7768 - 6/I·4756
定价:53.00 元